푸디토리움의 음반가게

푸디토리움의 음반가게

1판 1쇄 발행 2017년 2월 1일 **1판 3쇄 발행** 2020년 9월 26일
지은이 김정범
펴낸이 고세규
편집 이승희

발행처 김영사
주소 경기도 파주시 문발로 197(문발동) 우편번호10881
등록 1979년 5월 17일(제406-2003-036호)
주문 및 문의 전화 031)955-3100 **팩스** 031)955-3111
편집부 전화 02)3668-3295 **팩스** 02)745-4827 **전자우편** literature@gimmyoung.com
비채 카페 http://cafe.naver.com/vichebooks **인스타그램** @drviche **카카오톡** @비채책
트위터 @vichebook **페이스북** www.facebook.com/vichebook
ISBN 978-89-349-7698-1 03810 책값은 뒤표지에 있습니다.

비채는 김영사의 문학 브랜드입니다.
이 도서의 국립중앙도서관 출판예정도서목록(CIP)은 서지정보유통지원시스템 홈페이지(http://seoji.nl.go.kr)와 국가자료공동목록시스템(http://www.nl.go.kr/kolisnet)에서 이용하실 수 있습니다.
(CIP제어번호: CIP2017000956)

푸디토리움의 음반가게

김정범

비채

여는 글

'음반가게'에서 보내는 충만한 시간

'푸디토리움의 음반가게'에 오신 여러분 환영합니다. 그러고 보니 책으로 독자와 마주하는 것은 처음이군요. 2012년부터 현재까지 〈부산일보〉에 매주 기고한 칼럼을 선별해, 오랫동안 다듬고 내용을 보충하고 더러는 새로 쓴 원고들이 드디어 한 권의 책으로 출간되었습니다.

뉴욕에서 귀국하자마자 석 달 한정으로 제안받아 시작한 칼럼 연재가 어느덧 오 년이 넘어가고 있습니다. 이렇게 오래 쓰게 될 줄은 몰랐지만, 이제 '음반가게'를 쓰는 일은 제 일상의 한 부분으로 굳게 자리 잡았습니다. 그동안 제게도 많은 변화가 있었습니다. 몇 편의 영화음악을 만들기도 했고, SBS 라디오에서 심야 프로그램을 진행하게 되었습니다. 또 성신여자대학교에서 전임교수로 학생들을 지도하게 되었습니다. 제게 이 글들은 지난 시간을 담은 일기장과도 같습니다. '음반'이라는 주제로 쓰는 일주일의 이야기 말입니다. 음악을 만들고 연주하는 일을 하고 있음에도 전문적인 용어를 쓰지 않은 것도 그래서입니다. 삶과 음악이 만나는 '운명적 순간'에 집중하고, 그 경험을 독자 여러분과 나누고 싶었거든요.

우리는 언제 음악과 '맞닥뜨리는' 걸까요. 살면서 음악을 만나는 순간은 무척 다양합니다. 어느 날 라디오에서 흘러나오는 음악에 잊었던 옛 사랑이 기억나기도 하고, 미용실에서 틀어놓은 음악에 어린 시절 살던 동네 풍경이 생각나 아련해지기도 합니다. 어떤 음악은 할머니의 옛 손길을 떠올리게 하고요. 친한 동기들과 어울려 왁자지껄 밤을 새던 동아리방의 냄새를 확 되살려놓는 음악도 있습니다. 기나긴 말보다 한 곡의 음악이 어떤 의미를 생생히 전하는 순간이 인생에서 의외로 많지 않던가요. 그리고 그 의미는 과거뿐 아니라 현재와 미래의 우리 모습까지 포용해줍니다.

아주 오래전의 일입니다. 오래 사귄 연인과 헤어진 적이 있습니다. 속된 말로 '가차없이 차인 것'이지요. 그녀는 말 그대로 종적을 감추어버렸고, 아무리 수소문해도 찾을 수 없을 정도였습니다. 꽤 오랜 시간이 흐른 뒤에야 기적적으로 그녀와 다시 연락이 되었습니다. 당시 뉴욕에서 유학 중이던 저는 서울에 있던 그녀와 몇 번 전화 통화를 했고, 우리는 만나서 이야기를 하기로 했습니다. 그리고 몇 달 후 도쿄에서 정말이지 오랜만에 그녀를 다시 만났습니다. 우리는 한겨울 도쿄 시내를 걷고 또 걸었습니다. 지금 와서 생각해도 걷던 기억이 대부분일 정도로요. 그리고 저녁 무렵에 좁은 골목길에 위치한 아이리시 펍을 발견했지요. 나비 넥타이를 단정히 맨 노신사 웨이터가 홀로 바를 지키는, 다양한 몰트 위스키를 갖춘 작은 펍이었습니다. 다른 손님이나 종업원은 없었습니다. 우리는 마실 것을 주문했고, 저는 웨이터에게 양해를 구한 뒤 스마트폰을 꺼내 저장된 음악을 재생했습니다. 몇 년 동안 슬럼프에 빠져 앨범을 내지 못할 때 듣던 음악, 다시 앨범을 내자고 마음을 추스르며 들은 음악, 함께 작업한 동료 뮤지션들과 함께 듣던 음악……. 우리가 헤어져 있던 시간과 그동안 달라진 제 모습, 시간이 지나도 달라지지 않는 저 자신까지 모두 음악 속에 있었습니다. 스마트폰이라는 것이 나온 지 얼마 안 된 때였지만 웨이터는 음악을 더 잘 들을 수 있을거라며 폰이 담길 만한 크기의 유리컵을 건네주기도 했지요.

그날의 기억은 제게 누군가와 아무 말 없이 가장 오래 같이 음악을 들은 경험으로 남아 있습니다. 긴 시간 하지 못한 이야기와 서로의 기억에 대해, 모든 것이 침묵 속에서 전해지고 이해된 기이하고도 특별한 저녁이었습니다. 그 후 우리는 결혼을 했고, 이렇게 칼럼을 쓰고 책을 집필하는 동안 한 아이의 부모가 되었습니다. 누군가 제게 음악이 무엇이냐고 물으면 저는 그날 도쿄의 작은 펍을 떠올리겠습니다. 그날 들은 음악은 제게 음악의 의미를 되찾아주었고,

지금까지도 음반 작업을 할 때 가장 밑바탕을 이루는 마음가짐이 되었습니다.

그 시절 제 스마트폰에 들어 있던 음악과 이야기를 이 책에 담았습니다. 익숙한 아티스트의 음반도 있고 다소 낯선 음반도 있을 겁니다. 또 팝과 재즈 등 대중음악의 여러 장르를 비롯해 클래식부터 현대음악까지 장르 범위도 꽤 넓습니다. 가끔은 이야기에 등장하는 곳의 사진을 함께 싣기도 했어요. 또 푸딩과 푸디토리움 앨범, 그리고 영화음악까지……. 음반을 만든 제 이야기도 고스란히 담겨 있습니다.

우리가 한창 음반을 듣고 이야기하던 저마다의 어떤 시기를 여행하는 실마리가 되기를 바라며 이 책을 엮었습니다. 비록 잠시 후에는 일상으로 돌아와야 한다고 해도요. 음반을 골라 꺼내어 듣는 충만한 시간처럼, 친한 친구와 '그 음반 들어봤어?' 하고 시간 가는 줄 모르고 나누는 수다처럼 이 책을 읽어주셨으면 합니다. 몇 년 만에 새로운 정규 앨범을 준비하는 저도 이 책에 실린 음반들을 하나씩 꺼내어 다시 들어봅니다. 제 다음 앨범에는 여러분과 나눈 수다가 담뿍 담겨 있겠지요. 저 자신과 제 음악에 가장 큰 의미가 될 독자 여러분께 마음 깊이 감사드립니다.

2016년 겨울

김정범

차례

Part. 1

음악이 나에게

Part. 2

내가 음악에게

Part. 3

음악으로 당신에게

FELIX MENDELSSOHN
PHILIPS

Part. 1

음악이 나에게

이 음반들이 없었다면
지금의 제 음악 또한
달라져 있을 거라고 생각합니다.

꿈이 시작되다

유진 프리즌 - Arms Around You

지난주 투어가 끝나고, 오늘은 아침부터 방 정리를 했습니다. 그동안 아이디어를 떠올린다며 여기저기 어질러놓은 자료들을 주워 담고, 오랫동안 보관해온 카세트 테이프도 다시 바구니에 담아 가지런히 놓아둡니다. 사실, 테이프를 재생하는 기기가 집에서 사라진 지 오래이지만 이 음반들은 버릴 수가 없습니다. 어째서일까. 가끔 고개를 갸우뚱합니다.

이 테이프들 대부분은 중학교와 고등학교에 다니던 시절 라디오 방송을 녹음한 것입니다. 돌이켜보면, 그중에서도 '전영혁의 음악세계'라는 프로그램을 가장 많이 들었고 또 녹음했습니다. KBS 2FM에서 새벽 2시부터 3시까지 방송된, 광고도 없이 줄곧 디제이의 간단한 멘트와 음악만으로 채워진 프로그램이었습니다. 조금은 낯선 지역의, 알려지지 않았으나 위대한 음악과 아티스트를 소개해 주었지요. 프로그램을 녹음한 테이프들은 제 어린 시절의 음악 교과서이자 아낌없는 레슨을 선사한 음악 선생님이었습니다.

첼리스트 '유진 프리즌Eugene Friesen'은 '전영혁의 음악세계'에서 처음 접해 결국 팬이 된 첫 아티스트입니다. 특히 그의 앨범 〈Arms Around You〉가 라디오 프로그램을 통해 자주 소개되었죠. 이 앨범을 찾으려고 희귀 LP를 취급하는 가게를 찾아 서울 곳곳을 헤맨 기억이 납니다. 언젠가 내가 뮤지션이 된다면 꼭 유진 프리즌과 같이 작업해야지, 하는 당시로서는 허무맹랑한 꿈을 꾸기도 했고요. 그러니 몇 년 후 명동의 한 음반가게에서 이 앨범을 찾아냈을 때의 감격이란 이루 말할 수 없었습니다.

이 앨범은 1989년에 발매된 그의 정규 앨범으로, 클래식 레퍼토리가 아닌 유진 프리즌의 오리지널 곡들로 채워져 있습니다. 현과 피아노에 드럼이나 퍼커션 등 재즈나 팝에서 볼 수 있는 악기들도 함께하고 있습니다. 첼로라는 악기가 음색이 다소 무겁고 클래식 음악에서나 주로 들을 수 있다고 생각해온 제 고정관념을 완전히 뒤바꾼 음반이기도 합니다. 전체적인 흐름은 재즈에 가깝지만 브라질 음악에서 영향받고 편곡의 아이디어를 얻은 곡도 여럿입니다. 그중에서도 제가 가장 사랑하는 곡은 앨범의 백미라 할 수 있는 여섯 번째 트랙 'Remembering You'입니다. 꼭 한번 들어보셨으면

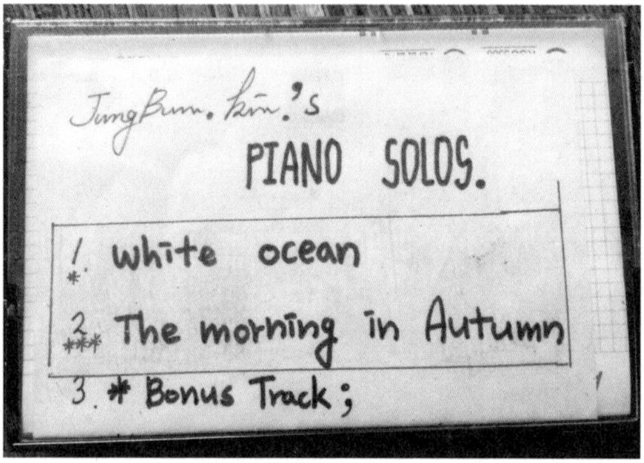

중학생 시절 만든 나의 첫 앨범도 카세트 테이프였습니다.

합니다.

후일담 하나. 세월이 흘러 몇 년 전 '푸디토리움'의 첫 앨범을 보스턴에서 녹음할 때 유진 프리즌을 실제로 만났습니다. 그것도 우연히 찾은 한 공연장에서요. 지휘자를 소개하는데 유진 프리즌이라는 것이 아니겠어요. 그날 그는 첼리스트가 아닌 오케스트라의 지휘자로 무대에 올랐습니다. 정말이지 인상 깊은 무대였습니다. 그가 가족과 함께 보스턴에 살고 있다는 사실도 알게 되었지요. 저는 놀라 뛰는 가슴을 꾹 눌러앉히고 그의 연습실을 찾아가 지금 여러분께 들려드린 이야기를 그대로 전했습니다. 그리고 푸디토리움 앨범의 데모를 건넸습니다. 그래서 어떻게 되었느냐고요? 결국 우리는 함께 녹음하게 되었습니다! 그가 푸디토리움의 첫 앨범의 첼로 파트를 맡아준 것이지요. 함께 녹음한 음악들을 모니터링하며 그의 아내 웬디와 아이들에 대해 이야기를 나눈 것도 기억에 남는, 잊을 수 없는 시간입니다.

어질러진 방을 다시 돌아봅니다. 집에 손님이 온다고 하는군요. 다시 정리를 시작할 때인 듯합니다. 이 카세트 테이프들은 버리지 않는 게 좋겠습니다. 저의 '꿈'이라는 것이 어쩌면, 이 오래된 낡은 테이프에서 시작되었는지도 모르니까요.

유진 프리즌 공식 홈페이지

헤비메탈과 세운상가

머틀리 크루 - Dr. Feelgood

청계천의 세운상가 철거가 백지화되었다는 기사를 읽었습니다. 참 다행스러운 일이지만, 이제는 그곳도 사람들의 기억에서 사라져 가는, 세월의 한 부분이 되었음을 인정해야 하나 봅니다. 제 기억 속 유년시절의 세운상가는 아주 화려했거든요. 건축가 김수근이 설계한 대한민국 최초의 주상복합 건물이었고, 엘리베이터와 가스보일러, CCTV 등의 최첨단 시설을 갖추었으니까요.

무엇보다 그곳에 모인 전자제품 가게들이 어린 제게는 무척이나 경이로웠습니다. 만약 어딘가에 '로봇 태권브이'가 숨겨져 있다면 태권브이의 등에 '메이드 인 세운상가'라고 쓰여 있을 거라는 상상을 지금도 가끔씩 해봅니다. 초등학교를 졸업할 즈음 헤비메탈에 푹 빠지게 된 저는 부모님 몰래 일주일에 한두 번씩 세운상가를 드나들곤 했습니다. 그곳에서 '불법 해적음반'을 살 수 있었기 때문이지요. 그런데 웬 해적음반이냐고요?

당시 헤비메탈 음악은 선정적이라거나 가사가 과격하다는 이유로 대부분 수입이 금지되었습니다. 이런 해외 최신 음반을 유일하게 구할 수 있던 곳이 바로 세운상가의 해적음반 가게들이었습니다. 이곳의 '불법 가게' 주인 아저씨들 또한 헤비메탈 마니아여서 앨범에 관해 서로 열변을 토한 기억도 납니다. 오늘은 제가 세운상가에서 산 첫 음반을 소개할까 합니다. 바로 '머틀리 크루Mötley Crüe'가 1989년 발표한 정규 5집 앨범 〈Dr. Feelgood〉입니다.

머틀리 크루는 1981년에 결성된, 미국 로스앤젤레스 출신의 밴드입니다. 'LA메탈'이라는 장르가 이들과 함께 생겨났다고 해도 과언이 아닐 정도로 선풍적 인기를 끌었습니다. 보컬에 '빈스 닐Vince Neil', 기타에 '믹 마스Mick Mars', 베이스에 '니키 식스Nikki Sixx', 파멜라 앤더슨과 결혼한 '토미 리Tommy Lee'까지……. 개성 넘치는 멤버들로 구성된 이들은 저마다 다양한 사건 사고로 화제에 오르기도 했지요. 이런 그들이 메이크업을 지우고 당시 최고의 록 프로듀서 '밥 록Bob Rock'을 기용하면서 발표한 5집 〈Dr. Feelgood〉은 머틀리 크루에게 말 그대로 전성기를 안겼습니다. 빌보드 순위 1위는 물론 1991년 아메리칸 뮤직어워드 '최고의 헤비메탈 앨범상'까지 휩쓸었으니까요.

인터뷰 자리가 생길 때마다 머틀리 크루를 비롯해 이 시절 수없이 사 모으던 해적판들을 언급하곤 합니다. 지금의 제 음악과는 거리가 있지만, 이 음반들이 없었다면 제 음악 또한 달라져 있을 거라고 생각합니다. 싸구려 불법 해적음반이지만 제게는 너무나 소중한 보물입니다.

낡아가는 세운상가 역시 서울 본래의 모습이 아닐까 생각해봅니다. 개성을 품고 멋지게 나이 들어가는 도시의 아름다움 그 자체라고요. 그 시간 속의 멋스러움을 사라지게 한다면 아무리 첨단으로 치장한들 소용없는 일입니다. 무작정 옛것 그대로 두자는 이야기는 아닙니다. 과거의 모습을 끌어안고 포용하며 미래로 함께 가는 것, 그것이 도시의 아름다움이자 '세련됨'이 아닐까요. 제 고향 서울의 그런 아름답고 세련된 모습을 보고 싶습니다. 마침 서울에 있는 오늘, 머틀리 크루의 음악을 들으며 종로를 산책해봅니다.

뉴욕 귀퉁이의 음악 실험실

웨인 크란츠 - Howie 61

뉴욕 대학교에서 공부하던 시절, 가장 좋았던 것은 학교 주변에 있던 무수한 라이브 클럽이었습니다. 저에게 클럽은 훌륭한 아티스트들의 음악을 접하고 '푸디토리움' 앨범에 대해 상의할 수 있는, 일종의 교류의 장이었습니다. 몇 년에 걸쳐 앨범 녹음과 제작을 하면서 지치고 한계에 부딪힐 때면 클럽에 가서 새로운 아이디어와 음악을 보고 듣고 몸으로 느끼곤 했습니다. 그리고 벅찬 마음으로 다시 일로 돌아왔지요.

제가 가장 좋아한 클럽은 '55 Bar'라는, 지하에 있는 아주 작은 클럽이었습니다. 사실, 이곳을 처음 방문했을 때 저는 무척 놀랐습니다. 공간이 비좁기도 했지만, 낡고 열악한 음향 시설 때문이었습니다. 깨어져 있는 악기 소리의 밸런스와 그에 아랑곳하지 않고 열정적으로 연주하는 세계적 스타 연주자들이라니요.

하지만 55 Bar를 드나들게 되고 여러 뮤지션을 만나면서 이곳이 음악인들이 음악을 공부하고 발표하는 일종의 연구실처럼 느껴지기 시작했습니다. 그리고 어느 순간부터 그 발표회를 흥미진진하게 기다리고 즐기는 저의 모습을 발견했습니다. 다른 어느 곳에서도 느낄 수 없는, 아티스트들의 땀과 에너지는 지금도 잊을 수가 없습니다.

오늘 소개할 앨범은 제가 매번 찾곤 하던 공연의 기타리스트인 '웨인 크란츠Wayne Krantz'가 2012년 발표한 앨범 〈Howie 61〉입니다. 1949년 미국에서 태어난 그는 뮤지션이 존경하는 뮤지션으로도 잘 알려져 있지요. 적지 않은 나이이지만 현재도 뉴욕을 중심으로 활발한 앨범 발표와 연주 활동을 하고 있는데요. 그의 음악은 어떤 장르로 규정하기 힘든 독자적 영역을 갖고 있습니다. 재즈의 즉흥 연주를 바탕으로 오직 변칙적이고 역동적인 리듬으로만 10분 이상의 숨 가쁜 드라마를 전개하기도 하지요. 그의 음악은 후배 뮤지션에게도 영향을 끼쳤습니다. 록과 힙합, 블루스 등 대중음악의 전 영역을 끌어안고 격정적으로 풀어내는 파격적인 연주는 처음에는 낯설게 다가오기도 합니다. 그러나 현재는 밴드의 멤버들이 미국의 최정상 팝 아티스트들의 연주자가 되었을 정도로 주류 음악을 이끄는 숨은 주인공이지요.

뉴욕의 55 Bar(실내).

특히 '웨인 크란츠 트리오'의 드러머 '키스 칼록Keith Carlock'은 얼마 전 '존 메이어John Mayer'의 월드투어를 담당한 스타 연주자이기도 한데요, 푸디토리움의 두 번째 앨범을 상의하려고 키스 칼록을 만난 적이 있습니다. 약속한 날이 공교롭게도 존 메이어 투어가 끝난 바로 다음 날이었지요. 그런데 그 약속 장소가 바로 '55 Bar'이더라고요. 화려한 대장정의 무대가 끝나자마자 지하의 작은 바로 돌아와 웨인 크란츠와 함께 새로운 연주를 선사하는 그의 열정에 참으로 감탄했습니다. 뉴욕 귀퉁이의 작은 음악 실험실 55 Bar에서 펼쳐지는 세계적인 연주자들의 열정과 에너지를 우리도 같이 느껴볼까요.

www.55BAR.COM
10PM
Tonight
WAYNE KRANTZ
LINCOLN GOINES
KEITH CARLOCK

뉴욕의 55 Bar(실외).

청년이 청년에게

스파이로자이라 - Bells, Boots and Shambles

올해(2013년)는 대학 수학능력시험이 시작된 지 20년이 되는 해입니다. 유난히도 길고 무더운 여름의 한가운데에서도 수험생들은 오늘도 자신과의 싸움을 이어나가고 있겠지요.

예전 일을 잘 기억하지 못하는 제게도 마치 어제 일처럼 생생한 기억들이 있습니다. 바로 20년 전의 오늘입니다. 제가 바로 대학 수학능력시험 첫 세대였거든요. 오랫동안 이어진 대입 학력고사가 수학능력시험이라는 새로운 형태로 바뀐 만큼 저도 친구들도 바짝 긴장했었죠. 지원한 대학교 합격자 발표 전날 밤도 잊히지 않네요. 대학 생활의 기대로 부풀어 단짝 친구와 떠들다가도 불안감에 둘 다 말이 없어지곤 했지요. 그날 밤 집으로 돌아가던 골목길은 왜 그리 춥고 길던지요. 결국 전 이튿날 불합격 소식을 들었고, 삶에서 나 자신이 주인공이 아닐 수도 있다는 사실을 처음으로 깨달았습니다. 세상을 다 산 것 같던 그때의 모습은 지금 생각하면 웃음이 나지만 당시의 상실감은 정말이지 컸습니다. 그리고 이어진 재수생활도 쉽지 않았습니다. 만일 누군가 '그 일 년 동안 가장 큰 힘이 되었던 것은 무엇인가요?' 하고 묻는다면 전 두말없이 이 앨범을 꺼내들 것입니다. 바로 브리티시 포크에서 빼놓을 수 없는 아트록의 전설, '스파이로자이라Spirogyra'의 1973년 앨범이자 마지막 앨범 〈Bells, Boots and Shambles〉입니다.

스파이로자이라는 보컬과 기타를 맡은 '마틴 코커햄Martin Cockerham'을 필두로, 베이스 기타에 '스티브 보릴Steve Borrill', '바이올린에 '줄리언 큐잭Julian Cusack' 그리고 여성 보컬리스트 '바버라 가스킨Barbara Gaskin'이 함께했습니다. 스파이로자이라의 시작은 마틴 코커햄이 1969년, 영국의 켄트 대학교를 다니며 결성한 교내밴드였습니다. 1971년 〈St. Radigunds〉라는 타이틀의 앨범으로 데뷔한 후 1972년 〈Old Boot Wine〉, 1973년 〈Bells, Boot and Shambles〉까지 단 석 장의 앨범을 발매했는데요. 훗날 미공개 앨범이 발표되기도 하고 이들의 음악이 마니아들에 의해 재조명되면서 마틴 코커햄이 같은 밴드명으로 2009년 새 앨범을 내놓기도 했습니다. 그러나 1970년대에 발매된 명반의 명맥을 잇기에는 아쉬웠던 것도 사실입니다.

철학적인 노랫말에 바버라 가스킨과 마틴 코커햄의 혼성 보컬이 어우러진 스파이로자이라의 음악은 음울한 어둠 속에서 한 줄기의 빛을 보는 듯한 아름다움을 선사합니다. 전형적인 포크 밴드 구성에 바이올린과 플루트가 어우러지고, 13분에 이르는 대곡이 악장을 나누어 전개되는 등 클래식과 민속음악의 요소 또한 녹아 있습니다. 이 앨범을 명반으로 만든 것은 무엇보다도 40년이 훌쩍 지난 지금 들어도 여전히 신선한, 청년 밴드의 도전과 모험이 아닐까 싶습니다. 이런 그들의 에너지가 재수생 시절의 제게도 무척이나 위로가 되었던 모양입니다. '청년'은 그 단어만으로도 아름다운 것이니까요.

배움의 날들

마리아 슈나이더 - Sky Blue

이윤기 감독이 연출하고 하정우, 전도연이 주연한 영화 〈멋진 하루〉는 제가 담당한 영화음악 중에서도 가장 오랜 준비를 필요로 한 작업이었습니다. 녹음과 제작이 미국에서 이루어진 제 첫 앨범이었고, 이 모든 진행 과정을 스스로 꾸려나가야 했지요. 그래서인지 당시에는 기대와 두려움이 교차하는 하루하루를 보냈습니다. 무엇보다도 영화음악이 촬영 전부터 특정 장르를 목표로 하고 있다는 점이 제게는 가장 부담스러웠습니다. 바로, 미국과 프랑스의 옛 스윙과 집시 재즈를 시대와 지역을 이동해 서울이라는 공간에서 '재현'하려던 것이었죠.

방학 동안 한국에 들어와 감독님과 영화에 대한 이야기를 나눈

보스턴 시절의 나.

재즈 작곡 수업에 제출한 과제물.
작성한 악보와 녹음된 시디를 공식 봉투에 넣어 제출하면
담당 교수가 채점과 코멘트를 합니다.

저는, 미국으로 돌아가 당시 다니던 버클리 음악대학의 전공수업을 모조리 이 시대와 관련된 수업으로 바꾸었습니다. 잘 모르는 시대의 낯선 음악을 관객 앞에 생생히 펼쳐야 한다는 사실이 두렵고 걱정스러웠나 봅니다. 그렇게 저는 몇 학기에 걸쳐 재즈 오케스트라Jazz Orchestra와 재즈 작곡Jazz Composition에 관련된 수업을 들었습니다. 음악을 찾아 들으며 도서관에서 꽤 많은 악보를 대여한 기억도 납니다. 아직 영화 촬영은 시작되지도 않았는데 말이죠.

물론 힘겹고 두렵기만 했던 것은 아닙니다. 그래도 즐거웠습니다. 새로운 음악을 만나는 기쁨보다 더 큰 행복은 없을 테니까요. 낡고 고리타분하다고 여기던 재즈 오케스트라의 형식이 현대적으로 발전하고 있다는 사실도 그때 처음 알았습니다. 오늘은 그 시절 제게 행복을 가져다준 음악 중에서도 유난히 반짝이는, 작곡가 '마리아 슈나이더Maria Schneider'의 앨범을 소개합니다. 그녀가 이끄는 '마리아 슈나이더 오케스트라Maria Schneider Orchestra'의 2007년 음반 〈Sky Blue〉입니다.

마리아 슈나이더는 1960년 미국 미네소타에서 태어난 작곡가이자 편곡자입니다. 자신만의 빅밴드를 이끌고 있기도 하지요. 2004년 발표한 정규 앨범 〈콘서트 인 더 가든Concert in the garden〉이 그래미상 '베스트 라지 재즈 앙상블 앨범Best Large Jazz Ensemble Album' 부문을 차지하면서 재즈 오케스트라의 새로운 물결을 예고했습니다.

마리아 슈나이더의 음악은 '빅밴드Big Band'라는, 대규모로 편성된 앙상블 형태의 전통적 구성을 바탕으로 하지만, 브라질과 아르헨티나, 쿠바 등 다른 대륙의 음악적인 형식과 정서를 적극적으로 도입합니다. 그래서 빅밴드에서는 찾아보기 힘든 아코디언이 과감히 쓰이는가 하면 남아메리카 전통음악에서 들을 법한 사람의 목소리 혹은 탱고에서 쓰이는 타악기 소리도 들리죠. 무엇보다 저를 사로잡은 것은 할리우드 영화음악처럼 드라마틱한 매력이었습니다. 곡의 길이가 다소 길지만, 한편의 대서사시를 보는 듯 격정적인 구성은 특히 라이브 공연에서 빛을 발합니다. 지금도 그녀의 음악들은 재즈 오케스트레이터를 꿈꾸는 젊은 학생들에게 가장 인기 있는 교과서라고 하는군요. 오늘은 마리아 슈나이더의 〈Sky Biue〉를 함께 들으며 미국의 재즈 오케스트라를 이끄는 매력적인 장본인을 만나봅시다.

마리아 슈나이더 공식 홈페이지

'지금'이 시작된 곳

데이비드 달링 - Cycles

대학 시절, 영화 동아리에서 활동했습니다. 경영학이라는 전공과 과내 활동에 정을 붙이지 못해서인지 동아리 활동에 더욱 애착을 갖게 되었는데요. 그래서 전공서적은 멀리했지만 영화에 관한 서적은 국내에 출간되지 않은 책까지 구해 읽을 정도로 열심이었습니다. 물론 학과 성적은 내내 엉망이었고요.

얼마 전, 오래된 물건들을 정리하다 그 시절의 자료를 발견했습니다. 학기마다 연 영화제 팸플릿 속 글을 찬찬히 읽어보니 감흥이 새로웠습니다. 치기 어린 데다 지적 허영과 고민으로 가득하던 시기의 글이라 민망하기 짝이 없었지만요. 그런데 한 가지 신기한 점이 있었습니다. 저는 그 시절로부터 10년을 훌쩍 지나 '푸딩'이라는 밴드를 꾸리게 되었는데, 푸딩의 앨범에 제가 적은 글들이나 앨범 관련 인터뷰 기사들이 동아리 시절 쓴 글과 무척 닮아 있었던 것입니다.

그 시절, 영화를 보고 생각하고 희망하고 이루고자 했던 이야기들이 제가 푸딩을 통해 음악으로 들려주고 싶은 이야기와 같았던 모양입니다. 참 많은 생각이 들었습니다. 지금 제가 만들고 있는 음악은 지금이 아닌 그때 보고 듣던 음악과 영화에서 시작된 것이 아닐까 하고요.

저만 그런 것은 아니겠지요. 지금의 우리 모습은 사실 언제인지조차 알 수 없는 오래전에 시작되었고, 먼 과거의 어디쯤에서 출발했을 것입니다. 그 출발선에서 경험하고 마주친 감성이 지금 내가 세상을 바라보고 이해할 수 있는 틀을 만들어준 것은 아닐까요. 그 기억을 더듬으며 앨범들을 살펴보다 눈에 들어온 것이 바로 첼리스트이자 작곡가인 '데이비드 달링David Darling'의 1981년 앨범 〈Cycles〉입니다.

이 앨범은 도이칠란트의 레이블 ECM의 대표작 중 하나입니다. 만프레드 아이허와 레코딩 엔지니어 얀 에릭이 설립한 ECM은 레이블만의 독창적인 사운드와 소속된 아티스트들로 유명합니다. 펫 메스니와 키스 자렛 등 수많은 스타 재즈 아티스트가 속해 있던 레이블이기도 하지요. ECM의 사운드는 이 앨범에서도 빛을 발합니다. 앨범의 첫 트랙이자 대표곡인 'Cycle Song'은 첼로와 8스트링 전자 첼로에 데이비드 달링, 시타르와 타블라 같은 전통 인도 악기에 '콜린 월콧Collin Walcott', 피아노에 '스티브 쿤Steve Kuhn', 색소폰에 '얀 가바렉Jan Garbarek', 브라질리언 기타리스트 '오스카 카스트로 네브스Oscar Castro-Neves' 등 스타 아티스트들이 참여하고 있습니다. 서로 어울리지 않는 듯 이질적인 악기들이 모여 만들어내는 앙상블의 매력과 공간감이 무척이나 근사합니다. 무엇보다 데이비드 달링이 연주하는, 당장이라도 눈물이 날 듯한 첼로 선율은 발매된 지 30년이 지난 지금도 생생한 감동을 선사하지요.

이 앨범을 처음 접한 때가 떠오릅니다. ECM 레이블 앨범이 지금처럼 구하기 쉽지 않던 시절이었거든요. 당시 서울 종로에 있던 코아 아트홀이 시네마테크 형태의 극장으로는 거의 처음으로 문을 열었습니다. 그리고 극장 2층에 대형 음반가게가 있었습니다. 재수를 하던 저는 주말마다 부모님에게 거짓말을 하고 아침 일찍 도서관에 가는 대신 코아 아트홀에서 영화를 보곤 했어요. 그리고 그 2층 구석진 음반 코너에서 문 닫는 시간까지 머물곤 했지요. 그곳은 바로 ECM 레이블의 국내 수입사가 마련한 작은 매대였습니다. 단골이 된 저는 음악에 해박한 그곳 점원의 허락을 얻어 코너에 마련된 모든 ECM 앨범을 직접 들어볼 수 있었습니다.

유튜브도 스트리밍 서비스도 없던, 앨범을 사지 않으면 들어볼 수가 없던 시절이었습니다. 그렇기에 그 순간이 제게는 얼마나 소중했는지 모릅니다. 지금은 코아 아트홀도, 그 음반 매장도 모두 사라졌지만, 지금의 음악을 만들고 있는 저의 출발점은 아직도 여전히 그곳에 남아 있습니다.

데이비드 달링 공식 홈페이지

아름다운 너의 어제

유재하 - 사랑하기 때문에

음악은 우리에게 무엇일까요. 우리는 음악을 통해 공감대를 형성하고 서로의 취향이나 어린 시절의 모습을 엿보기도 합니다. 하루는 녹음실에서 예전에 좋아하던 음악과 지금 좋아하는 음악을 주제로 이야기꽃을 피웠습니다. 그리고 돌아오는 길에 '나의 과거에는 어떤 음악이 있었나' 하고 곰곰이 생각해보았습니다. 사람의 기억이란 참 신기합니다. 그 시절의 멜로디를 떠올리자 잊었던 시간과 이야기들이 하나씩 하나씩 떠오르더군요. 오늘은 그 시절 만난 음반 중 제게 가장 큰 충격을 던진 음반 하나를 소개합니다.

초등학교 시절, 동네 이발소에서 이발을 하곤 했습니다. 하루는 이발을 하다 말고 라디오에서 나오는 음악에 저도 모르게 "잠깐만요!" 하고는 다짜고짜 집에 전화를 걸었습니다. 그리고 어머니에게 흥분된 목소리로 라디오 좀 켜보시라고 외쳤지요. 처음 접하는, 그 때까지는 들어보지 못했던 놀라운 가요가 흐르고 있었거든요. 그 노래가 누구의 무슨 노래인지 정말이지 너무나 궁금했습니다. 결국 머리카락이 사방으로 흩어졌다며 이발소 아저씨에게 호된 꾸지람만 듣고 노래의 주인공은 알지 못했더랬지요. 그 후로 저는 지금껏 머리를 자를 때만큼은 잡지도 보지 않고 음악도 듣지 않는 습관이 생겼습니다.

이 정도면 그때 그 음악이 제게 던진 충격을 짐작하시려나요. 시간이 지나서야 그때 이발소에서 흐르던 노래의 정체를 알았습니다. 바로 고故 '유재하'의 '지난날'이었어요. 그리고 이 곡이 실린 앨범 〈사랑하기 때문에〉는 유로 댄스에 빠져 있었던 제가 구매한 첫 가요 음반이었습니다.

세대를 불문하고 누구나 한번쯤 들어보았을 이 음반 〈사랑하기 때문에〉를 제게 소개해준 방송은 돌이켜보면 신보를 소개하는 라디오 프로그램이었습니다. 너무나 새로운 음악이기 때문이었을까요. 제가 음반을 살 무렵까지만 해도 이 앨범은 그리 알려지지 않았습니다. 그러나 한국 가요의 발라드는 바로 이 앨범을 통해 확고해졌다고 저는 생각합니다. 펑크와 보사노바, 클래식의 영역을 넘나드는 다양한 음악적 배경은 지금 들어도 무척이나 놀랍습니다.

어제(2012년 10월 24일), 한 방송사의 유재하 추모 특집 프로그램

축복을 나누는 일을 하고 싶습니다.

에 출연했습니다. 11월이면 그가 세상을 떠난 지 25주년이 된다고 합니다. 그래서 '유재하 음악경연대회' 출신 뮤지션들이 출연해 그의 곡들을 연주한 것이지요. 저 역시 유재하 음악경연대회 출신이라 여러 선후배와 자리를 같이하게 되었습니다. 무엇보다도, 관객과 같은 마음으로 음악을 들었던 것 같아 새삼 뭉클했습니다.

아주 오래전, '푸딩' 음반을 내고 음악을 그만두려 했던 때가 있었습니다. 고민 많던 시절이었이었지요. 그때 한 음반회사 대표님께서 이런 말씀을 해주셨어요. "정범 씨의 앨범을 좋아하는 사람들은 푸딩의 음악을 들었던 시대를 삶 속에서 기억할 거예요. 그리고 그 음악을 통해 시대를 소통하고 나누며 살아가게 될 겁니다. 그런 축복을 나누는 일을 하고 있어요. 그러니 힘내요." 저의 어제를 아름답게 만들어주신 선배님들께 더욱 감사해집니다. 그들을 지켜주신 여러분께도요.

겨울의 잔재와 봄의 따스함

비엔나 탱 - Dream Through the Noise

새로운 일을 하나 시작하게 되었습니다. 시간이 넉넉하지 않은 것은 사실이지만 늘 해보고 싶던 일이라 제게는 의미가 크답니다. 바로, 심야 라디오 프로그램의 디제이를 맡은 것입니다. 프로그램 구성과 선곡은 물론, 여러 코너와 그날의 이야기까지 저 스스로 꾸려나가는 일이지요.

이번 주(2013년 4월)부터 시작된 심야 SBS 라디오 프로그램 '애프터 클럽'은 새벽 세 시부터 한 시간 동안, 요일별로 일곱 명의 디제이가 각자의 스타일로 방송을 진행합니다. 저는 매주 수요일에서 목요일로 넘어가는 새벽을 맡았어요. 안타깝게도 누구나 청취할 수 있는 시간대는 아닌 듯합니다.

심야 라디오 프로그램의 디제이가 되었습니다.

어린 시절 제게 심야 라디오 프로그램은 음악 교과서이자 선생님이었습니다. 인터넷도, 지금과 같은 온라인 음악 사이트도 없던 그때에는 유행하던 가요나 빌보드 차트의 팝이 아닌 '다른 음악'을 접할 수 있는 유일한 통로였거든요. 소개된 곡명이나 음반을 잊어버릴세라 귀를 쫑긋 세우고 메모하던 시간들, 언제 찾게 될지 기약도 없는 그 음반들을 희귀 음반점에서 매번 확인하던 기억이 생생합니다.

'심야 라디오 키드'였던 제가 어느덧 그때 그 시간대의 라디오 프로그램 디제이가 되어 음악을 틉니다. 꼭 어린 시절의 나에게 음악을 들려주는 기분이에요. 첫 방송의 첫 곡을 고르기는 또 얼마나 어렵던지요. 그 시절의 내게 어떤 곡을 처음으로 들려주면 좋을까 며칠을 고민하다 고른 음반이 바로 '비엔나 탱Vienna Teng의 2006년 앨범 〈Dream Through the Noise〉였습니다.

비엔나 탱은 대만계 미국인인 피아니스트이자 싱어송라이터입니다. 그녀의 세 번째 정규 앨범이자, 빼어난 음악이 담긴 〈Dream Through the Noise〉를 듣노라면 겨울 풍경을 그린 수채화를 보는 듯하지요. 앨범 재킷에서도 언뜻 보이는, 조금은 무심한 풍경과 외로움이 느껴집니다. 하지만 그녀의 목소리와 노랫말은 봄날의 따듯함을 떠올리게 하는 묘한 매력을 지녔습니다. 목소리와 피아노 그리고 어쿠스틱 베이스와 드럼을 주된 악기로 펼치는 비엔나 탱의 음악은 '재즈 피아노 트리오'의 형태를 가지고 있습니다. 동시에 포크와 클래식, 민속음악의 요소 또한 곳곳에 녹아 있고요. 이러한 독특함이 비엔나 탱만의 강한 개성을 더없이 편안하게 전해줍니다. 특히 6번째 트랙인 'Nothing Without You'는 이 앨범을 설명할 때 빼놓을 수 없는, 가장 아름다운 곡입니다.

사랑해요, 단지 사랑해요

배리 화이트 - All-Time Greatest Hits

'X세대'라는 말이 유행하던 때가 있었습니다. 그리고 'Y세대', 'Z세대' 등 이른바 신세대를 가리키는 여러 용어가 등장했지요. 새로운 세대와 이전의 세대를 여러분은 어떻게 나누시나요? 학술적이고 전문적인 잣대도 있지만 저마다의 개인적이고 경험적인 기준도 있겠지요. 저는 '그 사람이 어떤 외화 드라마를 기억하고 있는가'를 기준으로 판단하곤 합니다.

돌이켜보면 제게도 어린 시절을 함께하고 지대한 영향을 끼친 외화 시리즈들의 화려한 시대가 있었습니다. 주말 오후, 요즘 같으면 예능 프로그램이 방영될 시간을 차지할 정도로 외국 드라마의 인기는 어마어마했습니다. 아버지보다 더 믿음직스럽던 〈맥가이버〉, 360도 공중제비가 가능하던 믿을 수 없는 헬기 〈에어울프〉, 누구도 당할 수 없는 무적의 〈에이특공대〉, 도시 탐정 브루스 윌리스의 미소가 돋보인 〈블루문 특급〉, 과연 저 자동차는 얼마일까 정말 궁금했던 〈전격 Z작전〉……. 지금 생각해도 아련한 미소가 절로 떠오릅니다. 더불어 그 주제곡들이 귓전을 맴돕니다. 훌륭한 드라마 주제가들이 그만큼 많았던 것이겠죠.

그중에서도 가장 좋아한 드라마 음악은 〈사랑의 유람선〉에 흐르던 'Love's Theme(사랑의 테마)'였습니다. 미국의 R&B 가수이자 프로듀서인 '배리 화이트Barry White'가 그의 오케스트라인 '더 러브 언리미티드 오케스트라The love unlimited orchestra'와 함께한 음악인데요, 제목이 기억나지 않는 분들도 한번 들으면 '아!' 하고 탄성을 내지르실 겁니다. 배리 화이트의 음악은 〈사랑의 유람선〉뿐만 아니라 〈앨리 맥빌〉에도 삽입되어 널리 사랑받았습니다.

솔soul과 디스코, 모타운 장르에 자리한 그의 음악은 언제 들어도 지친 어깨에 힘을 불어 넣어줍니다. 다소 느끼(?)한 저음의 내레이션을 남발하며 사랑을 호소하지만 저에게는 얼마나 멋지게 들리던지요. 팝 역사상 배리 화이트만큼 사랑에 관한 노래들을 일관되게 만들어온 아티스트도 드물 것입니다. 2003년 세상을 떠났지만 그 노랫말은 남아, 지금 들어도 시대에 맞지 않거나 촌스러운 느낌이 들지 않지요. 독특하거나 유려해서라기보다는 오히려 직설적이고 솔직하기 때문이지요. 'I'm gonna love you, just a little more baby(당신을 사랑할게요. 조금만이라도 더, 내 사랑!)', 'You are the first, the last, my everything(당신은 나의 처음이자 마지막 그리고 전부예요)', 'Don't make me wait too long(나를 너무 오래 기다리게 만들지 말아요)'. 이렇게 제목만 보아도 내용이 짐작되지요.

에둘러 가는 법 없는 직설적인 그의 사랑법은 세월이 흐른 뒤에도 여전히 아름답습니다. 오늘은 그의 앨범 중 베스트 편집 앨범을 골라보았습니다. 주옥 같은 멜로디와 함께 사랑의 세레나데를 만끽해보세요.

보스턴 그리고 큐 디비전

포텟 - Round

앨범을 녹음하면서 수많은 스튜디오를 찾아 돌아다닌 적이 있습니다. 살면서 이렇게 무엇인가를 위해 발품을 팔 날이 다시 올까 싶을 정도였지요. 그러다 보니 몇몇 스튜디오는 집보다 더 편해졌고 스태프들과 친구가 되기도 했습니다.

보스턴에 위치한 '큐 디비전Q Division'이 바로 그런 스튜디오였습니다. 거대한 지하 벙커를 고쳐 만든 듯 무미건조하게 보이는 이곳은 아날로그 녹음 장비들로 가득한 스튜디오입니다. 언젠가 스튜디오 총괄 매니저인 에드가 자신의 결혼식을 바로 이곳에서 올리기도 했지요. 웨딩드레스를 입은 신부가 일렉트릭 기타를 치며 헤비메탈을 노래했다면 이곳 분위기가 짐작이 가실까요. 스튜디오 한쪽

푸디토리움 첫 앨범 녹음.

에는 알 수 없는 메뉴로 가득한 자판기가 있었는데요. 1달러 지폐를 넣으면 무작위로 선택된 싸구려 미국 맥주가 마구 쏟아져 나왔습니다. 재미있는 아이디어가 끊이지 않던 곳이죠.

큐 디비전에서 저와 연이어 작업했던 담당 엔지니어 조이는 '푸디토리움'의 첫 앨범 작업이 끝날 무렵 제가 꼭 들어봤으면 하는 음악이 있다며 시디를 선물했습니다. 꼭 들어볼 것을 강조했지만 평소 조이의 음악적 취향이 저와 너무나 달랐기에 한동안 그 시디를 틀지 않았습니다. 그리고 시간이 흘러 보스턴에서 뉴욕으로 이사하게 되어 짐 정리를 하다 그 시디를 발견하게 되었지요. 조이에게 미안한 마음 반, 고마운 마음 반으로 무심코 시디를 재생했습니다. 그런데 듣는 순간, 저도 모르게 '이게 도대체 뭐지?' 하며 '와' 하고 탄성이 터졌습니다. 바로 오늘 소개할 '포텟Four Tet'의 음악이었습니다.

'포텟'은 포스트록 밴드로 알려진 '프릿지Fridge'의 멤버이던 '키에란 헵덴Kieran Hebden'의 1인 솔로 프로젝트입니다. 포텟의 음악은 장르를 규정할 수 없을 정도로 파격적인 면모를 보여주는데요. 전형적인 영국 아티스트의 포스트록이나 일렉트로닉과는 다른, 민속음악과 재즈까지 지역적 특색이 매우 광범위합니다. 지금의 익스페리멘탈 장르의 지형도가 포텟으로 인해 그려졌다고 해도 과언이 아닐 만큼 그의 음악은 선구적이었습니다. 대중보다는 아티스트에게 먼저 열렬한 지지를 받은 것도 그러한 이유에서입니다. '킹스 오브 컨비니언스'와 '라디오헤드', 그리고 라디오헤드의 리드싱어인 '톰 요크' 등과의 컬래버레이션 작업을 통해 포텟의 이름이 알려지기 시작했습니다. 소위 '핫한' 음악을 선보이는 나이키의 상업광고에서 10년 전에 이미 그의 음악을 들려주기도 했고요. 오늘은 친숙하지는 않지만 트렌드를 이끄는, 미래지향적인 포텟의 음악을 들어볼까요.

나의 음악친구

파비오 카도레 - Instante

'푸디토리움'의 올해(2012년) 공연이 끝났습니다. '푸딩'을 거쳐 '푸디토리움'까지…… 지난 10년 동안 가진 공연 중 가장 설렌 공연이었습니다. 멀고도 먼 브라질에서 친구이자 동료 아티스트가 와주었기 때문입니다. 바로 브라질 상파울루 출신의 싱어송라이터 '파비오 카도레Fábio Cadore'입니다. 한국에는 푸디토리움의 앨범 〈episode: 이별〉에서 가사를 쓰고 노래를 부른 곡 'Viajante'로 먼저 알려진 아티스트이지요.

오늘은 그의 두 번째 정규 앨범인 〈Instante〉를 소개하려 합니다. 브라질의 팝을 이끄는 젊은 아티스트 중에서도 단연 돋보이는 작곡 감각과 타고난 아름다운 보이스를 겸비한 파비오 카도레는 이

파비오 카도레 쇼케이스.
2012년, 벨로주.

파비오 카도레와 함께한 공연.
2012년, 아트홀 맥.

번 앨범에서 그의 첫 번째 앨범 〈Lúdico Navegante〉보다 더욱 성숙해진 모습을 보여주었습니다. 특히 네 번째 트랙인 'Vem Cá'는 아메리칸 스윙을 포르투갈어로 부르는 이색적인 분위기에 그의 목소리가 더해져 바닷바람을 맞으며 산책하는 듯한 로맨틱함을 선사합니다. 또 'Causa e Efeito'는 기타와 피아노 단 두 대의 악기에 보컬이 함께한 곡인데요, 절제된 편성이 카도레의 스캣을 만나 가을 감성을 자극하지요. 두 번째 트랙인 'Quando O Amor Chamar'에서는 파비오의 멋진 기타연주를 엿볼 수 있습니다. 역시 놓칠 수 없겠지요. 무엇보다 제게 의미 있는 사실은, 함께 작업한 곡 'Viajante'가 리메이크되어 실렸다는 것입니다.

고백하건대, 전 이 친구를 올해 서울에서 처음으로 '만났습니다.' 그동안 제 앨범의 적지 않은 곡을 함께 작업했지만 녹음 당시 뉴욕과 상파울루를 오가는 무수한 메일만 있었을 뿐, 얼굴을 맞대고 만난 적은 한 번도 없었습니다. 뉴욕과 상파울루의 거리라는 물리적인 이유도 있었을 것입니다. 서로 너무 멀게만 느껴지던, 다른 환경이 주는 낯섦 때문이었는지도 모르겠습니다.

하지만 우리는 음악을 주고받으며 단순한 친분을 넘어 서로의 음악을 신뢰하게 되었고 끈끈한 우정까지 쌓게 되었습니다. 그 또한 같은 마음이었겠지요. 그래서 한 번도 만난 적 없는 저를 위해, 한 번도 와본 적 없는 이 먼 곳에 와줄 수 있었겠지요. 그런 마음을, 언어가 다르고 사는 지역이 다를지라도 음악을 통해 서로 이해하고 감싸주던 잊지 못할 순간들을, 이제 〈Instante〉라는 음반을 통해 여러분과 나누고 싶습니다.

파비오 카도레 공식 홈페이지

몸짓을 듣다

피나 사운드트랙

대학생 시절, 아르바이트로 이웃 학교(이화여자대학교) 무용과 학생들의 작품 음악을 만든 적이 있습니다. 낙원상가를 수십 번도 더 들락거리며 산 신시사이저 덕에 곡을 만들고 녹음도 할 수 있었는데요. 음악에 대한 열정 때문인지, 이웃 학교가 여대였기 때문인지 조금은 헷갈리지만 밤을 새워 몰두하곤 했습니다. 운 좋게도, 이 아르바이트를 계기로 저는 학생 신분으로 한국예술종합학교 무용원에서 정식으로 일하게 되었습니다.

그 일이란 무용원 수업에서 피아노를 연주하거나 공연과 정기 발표회 때 즉흥 음악을 만드는 것이었습니다. 한국예술종합학교는 당시에는 국내에서 유일하게 수업 때 음악을 재생하지 않고 연주하는 곳이었습니다. 해외에서 초빙된 진보적인 현대 무용가들과의 수업도 학기 내내 이어졌지요. 저는 특히 미국과 유럽에서 초청된 무용가들의 수업을 전담했는데요. 제게는 잊지 못할 새로운 경험이었습니다. 고백하자면 제가 발표한 앨범 〈New Sound Set〉에서 선보인 노이즈 음악이나 현대음악을 처음 접한 것도 바로 이곳에서 만난 국외 무용가들로부터였습니다. 돌아보니 제법 오래전의 일이네요.

그전까지 막연하게 '어렵다'고 생각하던 발레와 현대무용에 대해 새로이 눈뜨기 시작했습니다. 심지어는 직접 표를 구매해 공연을 보러 다니기도 했지요. 어쩌면 지금의 제게 가장 많은 영향을 끼친 경험이 바로 이 무렵 접한 공연들었습니다. 그중에서도 열렬히 좋아한 무용가가 '피나 바우슈Pina Bausch'였습니다.

피나 바우슈는 도이칠란트 출신의 현대 무용수이자 안무가입니다. 현대 무용의 혁명적인 존재이자 흐름을 바꾸어놓은 아티스트이죠. 음악, 연극 등 기존의 장르를 아우르는 그녀의 작품 세계는 무용이라는 장르를 생각지도 못했던 범위까지 확장합니다. 그래서 그녀의 작품을 접할 때면 춤이라는 한마디로 다 표현할 수 없는 감흥을 느낍니다. 피나 바우슈만의 총체적인 혼합 장르극이라는 표현이 더 어울릴지도 모른다는 생각도 들지요. 그렇다고 기존의 관습과 통념을 무너뜨리는 데에 핵심이 있지는 않습니다. 무엇보다도 그녀의 무대는 충격적일 만큼 아름답습니다. 몸짓과 오브제, 미술 등을 통해 선사하는 시각적 즐거움과 음악의 향연은 지루할 틈 없이 관객을 매혹합니다.

그러나, 피나 바우슈가 오로지 실연實演을 통해서만 관객과 만나고자 했기에 그동안 피나 바우슈의 공연을 접하기가 힘든 것도 사실이었습니다. 이에 영화 〈파리 텍사스〉와 〈부에나 비스타 소셜클럽〉으로 잘 알려진 감독 '빔 벤더스'가 피나 바우슈의 예술을 영상에 담았습니다. 피나 바우슈 역시 3D 영화기술로 생생하게 자신의 몸짓을 전달하는 일에 뜻을 함께하지요.

하지만 안타깝게도 촬영 전, 피나 바우슈는 암으로 세상을 떠나게 되었습니다. 그리고 피나 바우슈가 이끌던 무용단 '부퍼탈 탄츠테아터'와 생전의 자료들 그리고 빔 벤더스라는 거장의 연출로 한 편의 영화가 마침내 선을 보입니다. 바로 2011년 공개된 다큐멘터리 〈피나Pina〉입니다. 어쩐지 지루할 것 같다고요? 전혀 그렇지 않습니다. 오히려 새로운 세계로 가득 차 있습니다. 그럼, 본격적으로 영화를 보기 전, 준비운동 삼아 〈피나〉의 사운드트랙을 들어볼까요.

다큐멘터리 〈피나〉
예고편

록 키드의 한때

킹스 엑스 - Faith Hope Love

요즘 초등학교 아이들의 장래희망을 보면 다양한 직업들이 쓰여 있다고 합니다. 저의 초등학교 시절, 아이들이 써둔 장래희망은 '과학자' 아니면 '대통령'이 대부분이었는데 말이죠. 이제 와 생각해보면 이상하리만큼 하나같았다는 생각도 듭니다. '과학자'라는 말도 요즘은 영 낯설고요.

그때 우리는 무엇에 대해 그토록 '과학'하고 싶었던 것이었을까요. 저 역시 초등학교 6년 내내 항상 장래희망 적는 칸에 과학자를 써서 내던 아이였습니다. 그런데 중학교에 접어들어 다른 꿈이 하나 생겼습니다. 바로 '록 기타리스트'입니다.

아마 그때부터였을 겁니다. 기계적으로 채우던 장래희망 칸에 무엇을 써야 할지 고민하기 시작한 게요. 이른바 '록 키드'의 삶이 시작된 것이죠. 세운상가의 해적판 음반가게를 매일 드나들고 이태원 뒷골목에서 해골과 십자가 그림이 가득한 티셔츠를 사서 학교에 입고 다녔습니다. 해외에서 발간된 록 잡지의 밴드 순위를 부문별로 죄다 암기했고 용돈이 좀 생기면 해적판 가게를 벗어나 압구정동의 수입음반가게에서 시간을 보냈습니다. 해외에서 나온 앨범을 예약구매하느라 코 묻은 돈을 쏟아붓고도 몇 달을 기다리며 설렜지요. 선생님과 부모님의 걱정을 한 몸에 받던 열혈 록 키드는 그렇게 십 대 시절을 보냈습니다.

물론 지금 저의 음악 취향은 그때와는 무척 달라졌지만, 이 시절 앨범들 중 지금도 단연 최고로 꼽는 앨범이 하나 있습니다. 바로 록 밴드 '킹스 엑스King's X'의 1990년 앨범 〈Faith Hope Love〉입니다. 돌이켜보면 당시에도 킹스 엑스는 대중적인 유명세를 얻었다기보다는 뮤지션이 손꼽는 뮤지션으로 더 유명했지요. 이들의 음악 또한 무척 특이했습니다. 보컬과 베이스 그리고 기타에 '더그 피닉Doug Pinnick', 보컬과 기타에 '타이 테이버Ty Tabor' 그리고 역시 보컬와 드럼을 맡은 '제리 가스킬Jerry Gaskill'. 이렇게 흔하지 않은 3인조 구성 역시 좀처럼 찾기 힘들었지요. 미국 휴스턴 지역을 기반으로 활동한 밴드였지만, 당시 미국뿐만 아니라 세계 헤비메탈신에서 보기 드문, 프로그레시브록과 솔, 펑크 등의 요소를 결합한 이들의 음악은 지금껏 마니아의 열렬한 지지를 얻고 있습니다.

세 사람의 훌륭한 가창과 하모니를 듣고 있노라면 흡사 '비틀스'의 음악을 듣는 듯한 착각이 드는데요, 영국의 고전적인 하드록과 미국의 가스펠 및 블루스를 뒤섞은 이들의 음악은 무척 심오하고 아름답습니다. 진지하고 실험적인 록 밴드의 진면모란 무엇인가를 제게 처음으로 일깨워주었지요. 이들의 앨범을 다시 꺼내어 들으며 그 시절 유난히 좋아하던 한마디를 떠올려봅니다.

록 윌 네버 다이Rock will never die.

오래된 새로움

알렉상드르 타로 - Alexandre Tharaud plays Scarlatti

미카엘 하네케 감독의 2012년 영화 〈아무르Amour〉는 칸 영화제 최고의 화제작 중 하나였습니다. 저 역시 이 영화가 오래도록 마음에 남았습니다. 특히 영화 내내 흐르는 바흐와 슈베르트, 베토벤의 선율이 평소보다 더 깊이 와 닿았습니다. 이 모든 곡이 이토록 다르게 들리다니, 혹 영화에 너무 심취했기 때문일까? 하고 자문하기도 했지요. 그리고 훗날 사운드트랙을 들으면서 그것이 꼭 영화에 대한 감동 때문만은 아니었음을 깨달았습니다. 익숙한 클래식 소품과는 확연히 다른 정서와 울림이 존재하는, 무척이나 아름다운 피아노 연주였거든요.

오늘 음반가게에서 소개할 피아니스트 '알렉상드르 타로Alexandre

Tharaud'가 바로 이 영화의 클래식 넘버들을 연주한 주인공입니다. 게다가 여주인공 안느의 제자 역으로 영화에 출연하기까지 했는데요. 1968년 프랑스 파리에서 태어난 알렉상드르 타로는 파리 오페라단의 댄스 교수인 어머니와 오페레타 가수이자 감독인 아버지의 영향으로 어린 시절부터 다양한 예술적 감수성에 눈 떴다고 합니다. 피아니스트 '라자르 베르만Lazar Naumovich Berman' 하면 리스트가 떠오르고 '글렌 굴드Glen Gould' 하면 바흐가 떠오르듯 한 작곡가나 특정 작품이 타이틀처럼 따라다니는 피아니스트는 아닙니다. 대신 그에게는 모든 곡을 그만의 세계로 녹여내 완전히 새로운 곡을 듣는 것 같은 착각을 일으키는 힘이 있습니다.

그의 연주를 듣노라면 고전 피아노 소품이 새로운 세상에서 다시 태어난 듯합니다. 고전이 지닌 멜로디와 형식에 변형을 가하지 않고, 오직 감성의 힘과 주관적 해석만으로 작품을 재해석한다는 사실이 매우 놀랍습니다. 알렉상드르 타로는 지금까지 에릭 사티와 바흐, 라벨, 드뷔시 등 제가 좋아하는 작곡가의 음악을 주로 앨범 레퍼토리로 다루었습니다만, 개인의 취향을 떠나 쇼팽이야말로 그의 연주와 가장 잘 어울리는 선율이라고 생각해왔습니다. 하지만 2012년 발매된, '도메니코 스카를라티Giuseppe Domenico Scarlatti'의 소나타를 연주한 앨범 〈Alexandre Tharaud plays Scarlatti〉는 알렉상드르 타로에 대한 저의 생각을 다시 한 번 바꾸어놓았습니다. 특유의 젊고 아름다운 감성은 여전하지만, 어딘지 더 무겁고 아득해진 느낌이라고 할까요? 이탈리아의 작곡가이자 하프시코드 연주자였던 스카를라티의 소나타는 이 앨범에서 기존의 해석보다 분명 조금 가볍거나 절제되어 있습니다. 그러나 그 자리에는 최근의 스카를라티 앨범 중 단연 돋보이는 감성이 존재하지요. 그중에서도 네 번째 트랙인 'Sonata in G Minor, Kk.8'과 'Sonata in A Major, Kk.208'은 이 앨범의 아름다움을 여실히 드러내는 멋진 넘버들입니다.

알렉상드르 타로 공식 홈페이지

아이돌 그룹의 모범

아하 - Hunting High and Low

뮤직비디오Music Video는 뮤지션과 청중이 만나는 가장 대중적인 소통 방식입니다. 요즘은 음반을 내고 뮤직비디오를 발표하지 않는 게 이상하게 여겨질 정도이지요. 하지만 대중음악이 뮤직비디오를 동반하게 된 것은 사실 비교적 최근의 일입니다. 1980년대 등장한 미국 엠티비MTV가 '듣는 음악'의 시대를 마감하고 '보는 음악'의 시대를 연 것이죠. 음악사에서 빼놓을 수 없는 획기적 사건이었습니다.

제게도 엠티비와 뮤직비디오의 세계에 빠져들게 된, 잊히지 않는 계기가 하나 있습니다. 바로 노르웨이의 밴드 '아하a-ha'의 'Take on Me' 뮤직비디오이지요. 당시 〈은하철도 999〉 같은 만화영화에 빠져 있던 초등학생에게 아하의 뮤직비디오는 경이로움 그 자체였습니다. 실사와 애니메이션이 조화를 이룬 'Take on Me'는 지금 보아도, 손색이 없는 정도가 아니라 여전히 놀랍습니다. 뮤직비디오가 단순히 음악의 영상화가 아닌 크리에이티브와 독창성의 산물로 진입하게 된 것도 '아하'의 이 뮤직비디오와 때를 같이합니다.

'Take on Me'가 수록된 아하의 데뷔 앨범 〈Hunting High and Low〉는 1985년 발매되었습니다. 아하의 앨범 중에서도 가장 빛나는 〈Hunting High and Low〉는 수록곡 전부가 히트했으며 한 곡 한 곡 다른 색깔과 높은 완성도를 보여줍니다. '어떻게 이런 곡들이 단 한 장의 앨범에 담겨 있을 수 있지?' 하는 의문을 지금도 품을 정도이지요.

요즘 말로 '훈훈함' 넘치는 멤버들의 면면도 믿기 힘들 정도였습니다. 리드 보컬 '모튼 하켓Morton Harket'과 키보드를 맡은 '마그네 푸루홀멘Magne Furuholmen', 기타의 '폴 왁타 사보이Pål Waaktaar-Savoy', 이렇게 세 명으로 구성된 아하는 지금의 아이돌 그룹처럼 현란한 춤을 보여주진 않았습니다. 그러나 그들의 세련된 신스팝Synthpop과 자연스럽고 열정적인 퍼포먼스는 강렬한 기억으로 남아 있습니다. 보컬 모튼 하켓의 조각 같은 외모 역시 수 많은 팬들을 아하의 세계로 빠져들게 한 기폭제였지요.

아하는 제가 생각하는 가장 이상적인 아이돌이자 아이돌 밴드의 전형입니다. 디지털 음원이 존재하지는 않았지만 싱글의 개념은 있던 당시에도 높은 완성도를 보여준 그들의 정규 앨범을 보면, 역시 중요한 건 음악 그 자체구나 싶습니다. 멋진 멤버들과 뮤직비디오, 모두를 빠져들게 한 화려한 멜로디는 지금도 그 자리에서 여전히 빛나고 있습니다.

Take on Me
공식 뮤직비디오

공감의 목소리

콜드플레이 - X&Y

음악으로 위로받는 순간이 있습니다. 멜로디나 곡의 분위기도 마음을 어루만지지만 가장 직접적인 위로는 역시 노랫말이겠지요. 음악은 언어를 아름다운 리듬과 멜로디에 실어 우리에게 전해줍니다. 타인의 언어를 내 것처럼 느끼고 나누는 공감共感이야말로 음악이 선사하는 미덕일 것입니다.

'푸디토리움' 첫 앨범을 만들면서 한국어를 비롯해 포르투갈어와 프랑스어 등 다양한 지역의 언어를 노랫말로 삼았습니다. 국내 인터뷰어들은 종종 제게 왜 낯선 언어로 노래를 만드느냐고 묻곤 합니다. 어쩌면 당연한 궁금증이겠지만 저는 가끔 고개를 갸우뚱합니다. 우리는 이미 외국어를 수용하고 향유하고 있으며, 정규 교육까지 하고 있으니까요. 어쩌면 외국어 그 자체가 아닌, 익숙하지 않은 것에 대한 편견이 마음 어디쯤에 자리 잡고 있는 것은 아닐까요.

푸디토리움 두 번째 앨범에서는 가수들에게 손글씨로 쓴 가사를 요청해 우편으로 받았습니다. 그렇게 모인 노랫말을 제가 직접 우리말로 옮겼고요. 때로는 외국인 친구들의 도움을 받고 가끔은 번역기의 도움을 받아 번역한 노랫말과, 편지처럼 찾아온 손글씨 모두를 앨범에 실었습니다. 오랜 시간 작업했습니다. 쉽지 않은 작업이었지만 노래를 불러준 친구들의 가사에 더 깊이 공감하며 마음이 뭉클해졌습니다.

노랫말이 주는 감동은 지역과 언어 그리고 세대를 초월해 마음을 나누는 무엇인가에 있는 것인지도 모릅니다. 마음이 무거워 숨쉬기조차 힘든 오늘(2014년 4월 24일) 저는 브리티시 밴드 '콜드플레이Coldplay'가 2005년에 발표한 앨범 〈X&Y〉의 네 번째 트랙 'Fix You'를 듣습니다. 멜로디에 실린 언어들이 하나하나 마음 깊이 내려앉습니다. 오늘, 이 노랫말이 선사하는 위로를 여러분과 나누고 싶습니다.

공식 뮤직비디오

저 하늘 위 또는 저 아래로

놓아주기에 그 사랑이 너무 깊을 때

하지만 해보지 않곤 결코 알 수 없겠지요

당신은 얼마나 소중한가요.

빛이 당신을 집으로 이끌고

깊은 곳까지 밝혀줄 거예요

내가 당신을,

온전하게 해줄게요.

_콜드플레이 'Fix You' 부분

위대한 즉흥

키스 자렛 - The Köln Concert

피아노 음반을 하나 소개해달라는 질문을 받는다면 여러분은 어떤 앨범을 추천하시겠어요? 굳이 음악과 관련된 일을 하지 않더라도 누구나 한번쯤 피아노 음반을 선물받거나, 선물하거나, 구입한 경험이 있으리라 생각합니다. 피아노는 가장 오랫동안 사랑받는 악기이니까요. 제가 초등학교와 중학교에 다닐 때는 피아노학원이 정말 많았습니다. 친구들도 대부분 피아노학원을 한두 달 다녀보았고요. 저도 그런 학생 중 하나였지요. 학원을 꽤 오래 다녔는데도 즐거운 기억이 없는 걸 보면 피아노를 사랑한 학생은 아니었나 봅니다. 아닌 게 아니라 몇 번이고 학원에 가기 싫다고 어머니에게 떼를 쓰던 기억이 지금도 생생합니다. 음악을 좋아하게 되었을 때도, 어

설프지만 작곡을 하게 되었을 때에도 피아노라는 악기 자체가 주는 감흥은 크지 않았습니다.

그러던 저에게 음반 한 장이 마법처럼 다가왔습니다. 돌이켜보면 제 삶을 바꾸었다고 해도 과언이 아닌 일대 사건이었지요. 이 음반을 듣고 피아노라는 악기에 빠져들었고, 심지어 피아노 치는 사람이 되고 싶다고 결심하게 되었으니까요. 바로 피아니스트 '키스 자렛Keith Jarrett'의 1975년 앨범 〈The Köln Concert〉입니다.

키스 자렛은 재즈 역사상 가장 아름다운 곡과 연주를 선사하는 피아니스트입니다. 'ECM 레이블' 하면 떠오르는 대표적인 뮤지션이기도 하지요. 국내에서 가장 사랑받는 재즈 아티스트 또한 아마도 키스 자렛이 아닐까요. 이 앨범은 1975년 도이칠란트 쾰른의 오페라 하우스에서 열린 콘서트 실황입니다. 'Part I'으로 시작되어 'Part IIa', 'Part IIb', 'Part IIc'까지 4곡의 즉흥 연주로 이루어진 이 앨범은 제목만 보아도 기존의 재즈 앨범과는 확연히 다릅니다. 곡의 길이 역시 7분부터 26분까지, 방대한 러닝타임을 보여주고요.

〈The Köln Concert〉는 피아노로 들려주는 위대한 드라마이자 형언할 수 없는 감동을 전하는 앨범입니다. 1975년 당시 공연장의 착오로 인해 원래 놓기로 한 피아노가 아닌, 작고 상태가 좋지 않은 피아노가 놓였다는 비화가 있는데요. 그럼에도 이 음반에서 피아노라는 악기가 낼 수 있는 모든 표현을 들을 수 있습니다.

세상에 존재하는 모든 음악을 녹여낸, 키스 자렛의 격정적인 즉흥을 담은 〈The Köln Concert〉는 350만 장을 넘어서는 판매고와 '올타임 베스트셀러' 기록을 남기기도 했습니다.

음악의 결

런 리버 노스 - Run River North

뉴욕의 공연장은 저마다 다양한 특징을 갖고 있습니다. 좋아하는 아티스트의 공연을 손꼽아 기다리던 저 또한 뉴욕에 와서는 공연을 선택하는 방식이 달라졌습니다. 공연에 대한 생각 또한 바뀌어 갔고요. 음악을 듣고 싶을 때 아티스트보다 공연장을 떠올리고, 공연장 중심으로 공연을 선택하는 저 자신을 발견한 것이지요. 무대마다 오랫동안 이어져오는 일관성을 깨닫게 된 것입니다. 제게는 당황스럽고 낯선 변화였습니다. 하지만 이런 나날 속에서 처음으로 '내가 지금 정말 공연을 즐기고 있구나' 하는 감정을 느껴보기도 했습니다.

노부부가 동네 극장에서 와인을 마시며 푸치니 혹은 슈베르트의

뉴욕 시절.

음악을 자연스럽게 즐기는 문화도 사실 이런 문화와 그 맥을 같이 합니다. 우리에게 유명 공연장으로 알려진 해외의 클래식홀을 비롯한 팝 공연장을 조금 더 자세히 들여다보면 시설과 역사 이전에 그 공연장만의 고유한 결이 먼저 존재했음을 알 수 있습니다.

오랜만에 다시 찾은 뉴욕에서 저의 발길이 향한 곳은 '바워리 홀 Bowery Hall'입니다. 제가 뉴욕에서 가장 좋아하는 공연장이지요. 이곳에서 '푸디토리움'의 〈New Sound Set〉 공연과 음반의 구상을 시작하기도 했습니다. 오늘의 메인 밴드는 '런 리버 노스 Run River North'라는, 여섯 명으로 이루어진 신인 밴드입니다. 라디오 선곡을 하던 올해 초여름, 이들의 서정적인 노래에 몹시 끌린 기억이 납니다. 그런데, 무대에 선 그들을 보니 전원 한국인으로 구성된 밴드였습니다. 물론 국적으로는 미국 시민이지만요. 신인 밴드라기에는 너무나 훌륭한 연주에 우선 놀랐고, 민요인 '아리랑'의 멜로디를 테마로 한 노래 'Lying Beast'를 듣고 다시 한 번 놀랐습니다.

개인적으로 우리 민요는 물론 각 지역의 전래 음악을 공연장에서 연주하는 것을 즐기지 않는 편입니다. 뭐랄까, 위문공연에 온 느낌이 들기 때문이지요. 하지만 이들은 정말 다르더군요. 그들의 노랫말과 연주는 고향과 집, 그리움에 대한 감성을 다양한 언어와 피부색을 지닌 뉴욕 사람들에게 별다른 설명 없이도 공감하게 만들었습니다. '아리랑'이 애국이나 민족정신을 발로로 한 폐쇄적인 음악으로 들리는 것이 아닌, 본연의 멜로디 자체로 다가왔습니다.

그날의 공연장에서, 그날의 밴드에서, 그 자리에 모인 관객에게서도 어떤 '결'이 느껴지는 순간이었습니다. 오늘은 2014년 발표된 '런 리버 노스'의 동명의 첫 앨범 〈Run River North〉를 추천합니다.

런 리버 노스
공식 홈페이지

끝내주는 음악 모음집

타일러 베이츠 - 가디언스 오브 더 갤럭시 사운드트랙

영화음악 작업을 맡으면서 영화를 즐기기 위해서가 아닌 작업을 위해 며칠 동안 연거푸 극장을 찾았습니다. 계속된 영화 감상에 지쳐 잠시 쉬어야겠다고 생각하고 마지막으로 찾은 극장에서 만난 영화가 바로 〈가디언스 오브 더 갤럭시Guardians of the Galaxy〉였습니다. 이 영화의 제작 소식이 알려지면서 마블 팬들조차 우려했다죠. 그만큼 기존의 마블 영화와 다른 독특한 캐릭터를 만날 수 있겠다고 기대하며 상영관에 들어섰습니다. 그리고 영화가 시작되고 사운드트랙이 울려 퍼지는 순간, 저도 모르게 머리를 한 대 얻어맞은 것 같았습니다. 예상치도 못한, 1970~80년대 팝이 흐르는 것이 아니겠어요. SF 영화에 올드 팝이라니! 짐작조차 못한 조합이었습니다.

게다가 그 조합이 이토록 멋지게 맞아떨어지다니요.

〈가디언스 오브 더 갤럭시〉의 사운드트랙은 음악감독 '타일러 베이츠Tyler Bates'의 오리지널 스코어 앨범과 올드 팝을 담은 또 하나의 앨범, 두 가지 형태로 선보였습니다. 저는 그중에서도 올드 팝이 담긴 사운드트랙 제목을 보고 슬며시 미소 지었습니다. 바로 〈끝내주는 음악 모음집 1탄Awesome Mix Vol. 1〉이었거든요. 영화의 첫 장면에서 주인공 스타로드가 〈끝내주는 음악 모음집 1탄〉을 워크맨으로 들으며 등장합니다. 어린 스타로드가 납치되던 당시 지구에서 가장 유행하던 음악을 그의 어머니가 모아 녹음해준, 일종의 편집 앨범이죠. '잭슨 파이브Jackson 5'의 'I Want You Back'부터 '텐시시10cc'의 'I'm Not in Love', '데이비드 보위David Bowie'의 'Moonage Daydream', '마빈 게이Marvin Gaye'와 '타미 테렐Tammi Terrell'이 함께한 'Ain't No Mountain High Enough'까지…… 제목만 들어도 익숙한 멜로디가 영화 전반에 흐릅니다. 스타로드는 우주를 떠돌면서도 지구의 음악을 끝내 놓지 않은 겁니다.

타일러 베이츠의 오리지널 스코어가 SF 영화다운 스펙터클함과 긴박감을 담당하고 있다면, 〈끝내주는 음악 모음집 1탄〉은 캐릭터에 대한 이해와 이 영화가 전하고자 하는 메시지를 전하고 있습니다. 참신한 방식의 사운드트랙이라고 말해도 좋겠지요. 덕분에 저도 한동안 '최신 블록버스터 영화음악'을 흥얼거리게 되겠지요.

음악이 향하는 곳

엔디 밀네 & 뎁 시어리 - Forward in All Directions

오늘은 뉴욕에서 활동하고 있는 캐나다 출신의 재즈 피아니스트이자 작곡가인 '앤디 밀네Andy Milne'를 소개합니다. 1998년 밴드 '뎁 시어리Dapp Theory'를 결성해 밴드 앨범과 공연을 선보이고 있는 앤디 밀네는 음악 매거진인 〈다운비트Down Beat〉에서 선정한, 주목할 만한 신예 키보디스트(2004년)로도 알려졌습니다. 재즈를 바탕으로 변박을 이용한 테크닉, 남미 음악과 록의 격렬함, 여기에 힙합과 R&B가 어우러진 댑 시어리의 음악은 정말이지 화려합니다. 입안에서 무지갯빛 사탕이 쉴 새 없이 터지는 느낌이랄까요. 아름답고 서정적인 앤디 밀네 자신의 솔로 피아노 앨범과는 상반되는, 격렬하고 실험적인 댑 시어리의 앨범은 북미와 유럽 투어를 이어가며 팬들의 극찬을 받고 있지요. 2014년 발표된 새 앨범 〈Forward in All Directions〉에는 '전방위적으로 미래로, 그리고 앞으로 향하다'라는 타이틀이 의미하듯, 그의 음악적 지향점을 뚜렷이 드러냅니다.

사실 앤디 밀네는 뉴욕 대학교 재학시절 저를 지도해준 피아노 레슨 교수 중 한 사람입니다. 당시 '푸디토리움' 첫 앨범을 녹음하던 저는 앤디 선생님에게 레슨을 받으며 녹음 중인 곡들을 들려주었는데요. 앤디 선생님은 솔직한 감상과 함께 "음악이 너무 상업적이다. 너의 음악적 비전은 도대체 무엇이냐?" 하고 날카롭게 지적했습니다. 과제곡을 연주하던 제게 "연주는 틀리지 않았지만, 너는 이 곡을 전혀 이해하고 있지 않다"며 질책하기도 했지요. 저 역시 그의 주장을 마음껏 반박했고요. 열변을 토하며 아웅다웅하던 모습을 돌이켜보면 학생과 선생님으로는 보이지 않았을 법합니다. 곡에 대한 집중과 열정에 대한 선생님의 말씀도 기억납니다.

"곡을 이해한다는 것은 이 곡에 대한 생각을 하다 지하철을 놓치기도 하고 여자친구와 데이트하는 중에도 아이디어가 떠올라 데이트를 망치기도 하는 거야."

지난 해, 그런 앤디 밀네를 수년 만에 뉴욕에서 다시 만났습니다. 무척이나 반가웠지요. 한 손에 사과를 들고 사이클복을 입은 채 자전거와 새 앨범에 대해 수다를 늘어놓던 그의 모습은 전과 꼭 같았습니다. 돌이켜보면 그 시절 앤디 밀네의 솔직한 이야기를 받아들

일 수 있었던 것도 그가 누구보다 진심을 다해 제 음악을 들어주었기 때문이었습니다. 학생에게 해주는 의례적인 격려와 모니터링이 아닌, 함께 음악을 만들어가는 동료처럼 정성 들여 내어준 의견들은 겉으로는 거칠었지만, 제게 새로운 자극을 주었습니다. 지금은 3월, 새 학기가 시작되는 첫 주입니다. 늘 고마운 기억으로 남아 있는 앤디 밀네와의 수업을 떠올리며 저도 한 학기를 준비해봅니다.

앤디 밀네
공식 홈페이지

입체 음악

로저 워터스 - Amused to Death

이번 주(2016년 2월)에는 제58회 그래미상 시상식이 열렸습니다. 여느 해처럼 내로라하는 팝 뮤지션과 재즈, 클래식 등 여러 장르의 음악가들이 수상자 명단에 이름을 올렸지요. 이번에 저의 눈을 사로잡은 것은 '베스트 서라운드 사운드 앨범Best Surround Sound Album' 부문이었습니다. 2005년 신설된, 클래식과 비非클래식을 포함한 앨범의 '음향'에 수여하는 상입니다. 해당 앨범의 뮤지션보다는 엔지니어와 프로듀서에게 영예가 돌아가는 상이지요.

우리는 흔히 좌우 채널로 나뉜 스테레오stereo 방식으로 음악을 듣습니다. 요즘에는 한 채널의 모노mono로 듣는 예전 방식의 기기들도 꽤 등장했고요. 서라운드surround는 '둘러싸다, 에워싸다'는 의

미처럼 360도로 듣는 이를 감싸며 음향을 더 풍요롭게 전하는 기술입니다. 요즘 가정에서도 홈시어터 장비를 통해 익숙하게 체험하고 있지요. 분명한 것은 채널이나 스피커의 수, 혹은 발전된 음향기술이 반드시 옳거나 더 좋지만은 않다는 것입니다. 공간이나 매체, 음악의 성질에 따라 음악을 듣는 방식도 매번 달라질 테니까요.

올해 그래미는 그룹 '핑크 플로이드Pink Floyd'의 멤버 '로저 워터스Roger Waters'의 앨범 〈Amused to Death〉를 '베스트 서라운드 사운드 앨범'으로 선정하고, 1992년에 발매된 옛 스테레오 사운드를 서라운드로 재탄생시킨 '제임스 거스리James Guthrie'와 '조 플랑트Joe Plante'의 음향팀에 이 상을 선사했습니다. 이 부문이 유독 눈에 띈 것은 그동안 서라운드로 재발표된 고전 팝에 다소 실망했기 때문입니다. 음향이 입체적으로 들린다는 것과 그 음악의 정서가 더 풍부하게 전달된다는 것은 다른 문제일 테니까요. 하지만 이번 앨범은 달랐습니다.

〈Amused to Death〉를 처음 만난 것은 고등학교 시절이었습니다. 이 앨범은 저를 핑크 플로이드의 음악에 단번에 빠지게 했습니다. 특이하게도 '이 음악을 극장에서 들으면 정말 멋지겠다!' 하는 생각도 해보았지요. 서라운드 음악에 대한 인식이 전혀 없던 고등학생이 이러한 생각을 했다니 신기하지 않은가요. 그만큼 음악 자체가 가진 입체성과 비전이 남달랐기 때문이겠지요. 동명의 타이틀 트랙인 'Amused To Death'는 노래와 그 노래를 들려주는 기술이 이상적인 조합을 이룰 때의 감동을 상상하게 한, 시대를 앞선 수작이었습니다. 한 뮤지션의 마음속에 이미 자리잡고 있던 꿈을 음악으로 구체화시키고, 발전한 기술의 힘을 빌려 대중과 나누게 된 셈이지요. 기술의 위대함이란 바로 이런 것이 아닐까요.

정독의 시간

드미트리 쇼스타코비치 - 피아노 오중주 & 현악 사중주 2번

책을 읽는 방법에는 여러 가지가 있습니다. 그중에서도 정독精讀과 다독多讀에 관한 습관이 우리에게 익숙하지요. 물론 어느 쪽이 더 나은가 하는 정답은 없습니다. 저의 학창시절에는 다독보다 정독을 권하는 분위기가 강했던 것으로 기억합니다. 고등학교 시절, 대입시험인 학력고사가 폐지되고 대학수학능력시험이라는 새로운 형태의 시험이 도입되었습니다. 저는 부활한 본고사와 대학수학능력시험을 맞이하는 첫 수험생이 되었습니다. 학교에서는 이제 책을 많이 읽어야 한다고 강조했습니다. 논술고사나 언어영역에 대비해 다독이 급작스럽게 강요된 것이죠. 돌이켜보면 당시 저는 정독과 다독의 의미와 차이를 잘 이해하지 못했습니다. 정독의 강박에서

벗어나지도 못했고요.

음악 감상도 독서와 비슷한 점이 참 많습니다. 우리는 정독과 다독을 하듯 음악을 듣습니다. 어른이 된 저는 음악에 대해서는 심할 정도의 다독 습관을 지니고 있었습니다. 그런데 유학 시절, 두 학기에 걸쳐 필수과목인 지휘법을 수강할 때였습니다. 러시아의 작곡가 '이고르 스트라빈스키Igor Stravinsky'의 '봄의 제전'이나 이탈리아의 작곡가 '루지에로 레온카발로Ruggero Leoncavallo'의 '팔리아치' 등의 악보를 닳도록 정독했지요. 왜냐하면, 이 악보들을 보면서 직접 지휘를 하는 것이 시험이었거든요. 그것도 제가 평소 따분하게 생각해온 스트라빈스키나 레온카발로의 음악을요! 그런데 정독을 거듭하면서 이 음악들이 마법처럼 다르게 들리기 시작했습니다. 전에는 듣지 못했던 멜로디와 악기 소리가 들리고 느끼지 못했던 감정이 느껴지다니 정말 신기했습니다. 그 후로 어떤 음악들에 대해서만큼은 악보를 정독하는 습관이 생겼습니다.

'드미트리 쇼스타코비치Dmitrii Shostakovich'는 제가 이렇게 정독한 첫 작곡가입니다. 발품을 팔아 그의 악보를 구입하고 공들여 음악을 들으며 한 곡씩 깊이 알고 싶었지요. 이 '정독의 시간'은 제게 깊은 사색과 영감을 선사했습니다.

오늘은 쇼스타코비치의 실내악 앙상블 앨범 〈쇼스타코비치 피아노 오중주&현악 사중주 2번Dmitri Shostakovich-Piano Quintet & String Quartet No. 2〉를 소개합니다. 피아노 오중주나 현악 사중주로 듣는 그

애플 관련 기기를 판매하는 뉴욕의 Tekserve.

의 작품들을 꼭 들려드리고 싶었거든요. 현재 가장 주목받는 현악 사중주단 '타카치 콰르텟Takács Quartet'과 피아니스트 '마르크 앙드레 아믈랭Marc-André Hamelin'이 함께한 연주입니다.

앨범 미리 들어보기

선물

레이첼스 - Music for Egon Shiele

크리스마스가 한 달 앞으로 다가왔습니다. 가족과 연인에게 무엇을 선물하고 어떤 시간을 보낼지 고민하는 때이지요. 제가 받았던, 가장 기억에 남는 크리스마스 선물은 아주 오래전 대구에서 받은 것입니다.

어느 날, 옛 외갓집을 찾아가고 싶어졌습니다. 어머니가 돌아가신 후 힘든 시기를 겪고 있었거든요. 문득, 어린 시절 어머니와 많은 시간을 보낸 그 공간과 기억을 다시 찾고 싶더군요. 그러나 그 집은 이모와 외삼촌 등 외가 친척들조차 주소를 잊었을 정도로 기억에서 사라진 공간이었습니다.

저는 여자친구에게 이 이야기를 했고, 그해 크리스마스에 대구에 함께 내려가 그 집을 찾아보기로 했습니다. 이런 크리스마스를 보내도 괜찮겠느냐고 물었지만 그녀는 어느 해보다 의미 있는 크리스마스가 될 거니 걱정 말라고 대답해주었지요. 크리스마스 날 아침, 우리는 무작정 대구를 향해 떠났습니다. 제 어린 시절의 기억에만 의존해 대구 시내를 끝없이 헤맨 끝에 저녁 무렵 그 집을 찾았습니다. 그 문 앞에서 둘이 한동안 아무 말 없이 서 있었지요. 아무 말도 하지 않았지만 서로 더 많은 부분을 이해할 수 있었고, 그날의 기억은 값진 크리스마스 선물로 남아 있습니다. 오늘 소개하는 '레이첼스Rachel's'의 1996년 앨범 〈Music for Egon Shiele〉는 대구로 향하는 기차에서, 지금은 아내가 된 여자친구와 함께 들은 음악입니다.

레이첼스는 미국 출신의 체임버 그룹입니다. 기타리스트 '제이슨 노블Jason Noble'과 비올리스트 '크리스천 프레데릭슨Christian Frederickson', 그리고 피아니스트 '레이첼 그라임즈Rachel Grimes' 세 사람의 컬래버레이션으로 활동을 시작했습니다. 포스트록과 미니멀리즘, 클래식이 어울린 앨범을 선보이고 있지요. 그중 이 앨범은 철저히 클래식에 가까운 음악들로, 전곡이 피아노와 비올라, 첼로로 연주됩니다. 스티븐 마주렉Stephan Mazurek이 기획한 무용극 〈에곤 실레〉의 사운드트랙이기도 한 이 앨범은 그 제목이 의미하듯 오스트리아의 화가 에곤 실레의 미술작품들을 대상으로 하고 있습니다. 표현주의 화가로 잘 알려진 그의 그림처럼 20세기 초반 표현주의 음악이 레이첼스만의 스타일로 담겨 있습니다.

다행히도 이들의 음악 언어는 참 우리에게 친숙합니다. 춥고 어두우며 뒤틀려 있지만, 그 속에 따뜻한 화려함이 함께하죠. 이번 크리스마스에 여러분은 누구와 함께, 어떤 길을 걸으시겠어요?

나의 열쇳말

라디오헤드 - OK Computer

새해(2014년)가 밝았습니다. 라디오 프로그램을 맡고 새 앨범과 라이브 앨범을 발표하고 영화음악을 작업한 지난 시간을 돌아보며 이제 새로운 사이클을 시작할 때임을 느낍니다. '푸디토리움'의 새로운 정규 앨범 작업을 시작해야 하기 때문이지요. 앨범을 내고 공연을 하는 것은 삶의 큰 기쁨이지만, 모든 것을 처음부터 시작해야 한다는 무게감 역시 공포스럽게 다가옵니다. 그럼에도 해운대의 방과 서울의 연구실 벽에 새 앨범에 관한 메모를 붙여봅니다.

올해 저의 벽에 붙은 첫 단어는 '라디오헤드Radiohead'와 그들의 1997년 앨범인 〈OK Computer〉입니다. 영국의 얼터너티브록 밴드인 라디오헤드는 장르와 취향을 초월한 빅 아티스트이지요. 저도

1993년 발표된 그들의 첫 앨범 〈Pablo Honey〉부터 심취한 열혈 팬이랍니다. 돌이켜보면 영국의 록이 다시 부흥기를 맞이하며, '오아시스Oasis'를 비롯해 엄청난 브리티시 밴드들이 쏟아져 나온 시기였습니다.

그러나 1997년 앨범 〈OK Computer〉를 발표하면서 라디오헤드는 점차 독자적인 행보를 시작합니다. 당시 이 앨범의 뮤직비디오를 보고 '이들은 정말이지 무엇인가 다른 것을 하는구나!' 하는 생각에 짜릿함을 느낀 기억이 납니다. 그리고 라디오헤드는 2000년 발표한 앨범 〈Kid A〉에서 듣는 이의 입을 떡 벌어지게 만들었습니다. 비틀스 이후 팝의 역사는 라디오헤드로 이어진다 싶을 정도였지요.

라디오헤드의 음악은 '비치 보이스The Beach Boys'와 같은 달콤한 팝부터 '마일스 데이비스Miles Davis'의 재즈, 20세기 현대 클래식과 '엔니오 모리코네Ennio Morricone'의 영화음악, 심지어는 일렉트로닉까지 흡수하며 새로운 방식과 틀을 제시했습니다. 언어학자 노암 촘스키와 역사학자 에릭 홉스봄의 영향을 받았다는 리더이자 보컬인 '톰 요크Thom Yorke'의 노랫말이 지향하는 인문학적 비전은 이후의 앨범에서 더욱 뚜렷이 드러나지요.

21세기의 팝 음악이 진화하는 과정은 사실, 라디오헤드의 음악에서 그 근본이 시작되었다고 저는 생각합니다. 장르를 떠나 그것이 어떤 음악이든, 지금 여기 존재하는 음악이 어떻게 나아가고 무엇을 표현해야 하는지, 그리고 언제 왜 그 음악들이 존재해야 하는지를 가장 잘 보여주는 음악이지요. 이것이 제가 '라디오헤드'로 올해를 시작하는 까닭입니다. 벽에 부딪히고 힘들 때마다 이들의 음악을 들으며 차분하게, 그러면서도 뜨겁게 새로운 작업을 해나가겠습니다.

라이브 음반을 듣는 이유

찰리 헤이든 & 에그베르토 지스몬티 - In Montreal

열심히 음반을 모으던 시절, '라이브 앨범'은 주머니 사정이 빤한 학생이던 저를 자주 시험에 들게 했습니다. 아쉽지만 정규 앨범을 조금 더 기다려볼까, 아니면 어서 구매해서 애타는 마음을 달래볼까……. 두 갈래 마음이 수십 번도 더 교차했지요. 그때의 제가 라이브 앨범에 대한 이해가 부족했으며, 만족할 만한 라이브 앨범을 만나는 것도 쉽지 않았기 때문이라는 생각은 최근에서야 들었습니다.

오늘 소개할 '찰리 헤이든Charlie Haden'과 '에그베르토 지스몬티Egberto Gismonti'의 1989년 앨범 〈In Montreal〉은 저의 오래된 고민을 단번에 정리해준 앨범입니다. '라이브 앨범을 듣는 감동이 바로 이런 것이구나!' 하고 깨닫게 한 첫 앨범이고요.

에그베르토 지스몬티는 브라질 출신의 작곡가이자 기타리스트, 피아니스트, 편곡가입니다. 사실 그는 수식어가 부족할 만큼 다양한 악기와 여러 분야의 음악을 두루 섭렵한 타고난 뮤지션입니다. 어린 시절부터 클래식을 공부하고 파리로 건너가 오케스트레이션 공부를 이어갔기에 그의 음악은 브라질 전통음악과 클래식에 바탕을 두고, 이 두 장르가 자신의 세계 안에서 새롭게 탄생하는 과정을 팬들에게 선사하지요.

반면, 찰리 헤이든은 에그베르토 지스몬티와는 다른 방식으로 재즈에 뿌리를 둔 거장 연주자입니다. 미국 출신의 베이시스트인 그는 여러 아티스트들과 협연하면서, 특유의 따듯한 소리와 사색적인 연주를 선사합니다. 이렇게 다른 배경으로 성장해온 두 거장이 만나 1989년 몬트리올 재즈페스티벌Montreal International Jazz Festival에서 협연했습니다. 그 순간을 일기로 쓰듯 빼곡하게 기록한 결과물이 바로 이 음반입니다. 피아노와 기타와 더블베이스, 이렇게 세 악기로만 채워진 이 앨범은 듀오 앙상블로도 이토록 거대하고 꽉 찬 사운드를 만들 수 있다는 사실을 깨닫게 합니다.

첫 트랙부터 마지막 트랙까지 한 곡도 빼놓을 수 없는 연주이지만, 특히 이 앨범의 네 번째 트랙 'Palhaco'를 음악을 좋아하는 모든 분께 권합니다. 9분 19초라는 결코 짧지 않은 러닝타임을 찰리 헤이든의 베이스와 에그베르토 지스몬티의 피아노가 대화하듯 주고받는데요. 연주자들의 호흡이 무엇인지, 악기가 많건 적건, 그 소리가 크건 작건 관계 없이 그 호흡이 얼마나 충만하고 방대한 에너지를 만들어낼 수 있는지를 증명하고 있습니다. 이 거대한 에너지 위에 브라질 리듬을 바탕으로, 클래식과 재즈를 넘나드는 화음이 전개됩니다. 그 아름다움에 숨이 막히는 듯합니다. 오늘은 잠시 짬을 내어 10분의 감동을 체험해볼까요.

보스턴 집 앞 거리.

BOSTON SYMPHONY ORCHESTRA
bso.org
EVACUATION ROUTE
TOW ZONE
NO STOPPING ANY TIME

뉴욕 그리니치의 기억

인사이드 르윈 사운드트랙

어떤 공간이 물리적인 형태 이상의 의미를 가질 때가 있습니다. 길을 걷다 함께 걷던 사람이 떠올라 잠시 멈추어 서거나, 옛 친구와의 추억이 서린 동네를 지나며 미소 지은 경험은 누구나 한번쯤 갖고 있겠지요.

제가 보스턴에서 '푸디토리움' 첫 앨범 작업을 마치지 못한 채 뉴욕으로 이사하던 날이었습니다. 얼마 되지 않는 짐과 가구를 싣고 집을 나서던 길에 알 수 없는 그리움과 아련함에 잠시 현관 앞을 떠나지 못했지요. 4년 정도 정규 앨범을 내지 않는 이른바 공백기에, 학교에 다니고 앨범을 녹음하는 것 외에는 다른 사람과의 접촉이 없던 시기였습니다. 처음 시도하는 방대한 작업은 도무지 끝을 알 수 없었고요. '아무도 알아주지 않는 고민의 시간들을 내가 살던 이 작은 집만은 기억해주겠지, 이 집이 오랫동안 내게 거울 같은 존재가 되어주겠구나……' 하고 생각했습니다. 그러고 보면, 우리에게 진정 의미 있는 공간이란 자기 자신을 비추어주는 곳은 아닐까요.

뉴욕 그리니치를 배경으로 펼쳐지는 뮤지션의 이야기를 담은 2013년 영화 〈인사이드 르윈Inside Llewyn Davis〉은 코엔 형제가 연출했다는 사실만으로도 화제를 모았습니다. 저 역시 첫 작품부터 지금까지 그들의 작품을 놓치지 않아온 팬입니다. 1960년대 과거 뉴욕의 모습을 현재의 모습으로 변형하고, 모던한 장소를 섞어 새로운 영화적 공간으로 창조한 미술부터 편집과 숏 하나하나가 보여주는 치밀한 내러티브가 돋보였지요.

사실 이 영화의 공간은 영화 초반부에 등장하는 맨해튼의 컬럼비아 대학교 부근과 시카고 장면을 제외하면 대부분 워싱턴 스퀘어 파크를 중심으로 한 몇몇 거리에서 벌어지는 이야기입니다. 지금도 지하에는 음악 클럽들이 위치해 있으며 연일 다양한 뮤지션들이 새로운 음악을 소개하는 길들이지요. 저 역시 이곳에서 학교를 다니고 클럽과 거리에서 뮤지션들을 만나 시간을 보냈습니다.

이 영화가 다소 불편하고 서글픈 뮤지션의 삶을 담은 것은 분명하지만, 1960년대에도, 제가 그곳에 있던 때에도, 그리고 지금 이 순간에도 젊은이들의 음악적 방황과 고민이 가장 치열한 곳이기에 묘한 기분이 들었습니다. 영화의 주된 배경인 '가스등 카페'는 아쉽게도 타투 가게로 변했지만, 과거나 지금이나 여전히 젊은 예술가들의 고민이 담겨 있을 그 공간은 시간을 간직한 채 앞으로도 계속되겠지요. 이 영화의 사운드트랙에 담긴 주옥같은 포크와 컨트리 음악이 그 여정을 믿어보라고, 확신을 더해주는 듯합니다. 오늘은 이 오래된 음악과 함께 1960년대 뉴욕 그리니치로 떠나볼까요.

〈인사이드 르윈〉 예고편

전설의 귀환

마이클 잭슨 - XSCAPE

'음반가게' 칼럼을 연재하면서도 최신 음반은 거의 소개하지 않았습니다. 대신 빠르게는 몇주, 많게는 수년이 지난 앨범을 주로 소개했습니다. 음반이 발표된 직후 프로모션의 한가운데에서 이야기하는 것이 객관적이지 못할 수 있기 때문이었습니다. 그래서 되도록 열렬한 환영의 기간이 지나 조금 차분해질 때 슬며시 앨범 이야기를 꺼내곤 했지요.

그러나 오늘(2014년 5월 15일)만큼은 저만의 규칙을 어기고 따끈하다 못해 뜨거운 최신 앨범을 소개합니다. 이 아티스트라면 평정심을 포기할 수밖에 없기 때문이지요. 바로 고故 마이클 잭슨Michael Jackson의 2014년 앨범 〈XSCAPE〉입니다. 국내에서는 5월 13일 0시를 기해 공개되었지만 해외에서는 아이튠스 등을 통해 한 주 전에 공개되었습니다. 예상했던 대로 반응은 폭발적이고요.

고인이 된 아티스트의 숨겨진 음악이 사후에 발매되는 경우는 종종 있습니다. 한편으로는 미공개 음악의 발표가 고인의 입장에서는 원하지 않는 일일 수도 있겠다는 생각이 듭니다. 저 역시 음악을 만들고 들려주는 입장인지라 더욱 그런 비판에 공감하게 됩니다.

그럼에도 이번 마이클 잭슨의 앨범은 하늘에 있는 그도 흐뭇한 마음으로 들을 수 있지 않을까 싶을 만큼 그 완성도가 뛰어납니다. '스탠다드 버전'과 '딜럭스 버전' 두 형태로 공개된 이 앨범에서 저는 딜럭스 버전을 권하고 싶어요. 이 버전에만 실린 데모와 다큐멘터리 필름을 듣고 보노라면 마이클 잭슨의 스크래치(정식 녹음이 아닌 일종의 가이드 뮤직)가 멋지게 재탄생한 과정을 엿볼 수 있습니다.

이 과정의 중심에 최고의 스타 프로듀서들이 있습니다. '엘에이 리드L. A. Reid', '팀벌랜드Timbaland', '로드니 저킨스Rodney Jerkins', '스타게이트StarGate' 등 최고의 송라이터, 프로듀서 들이 한 앨범으로 모인 것만으로도 놀라운데요. 더욱 의미 있는 것은 그의 음악을 듣고 자란 '마이클 잭슨 키드'들이 어느덧 이제는 이 분야의 톱클래스 전문가가 되어 마이클의 음악을 같이 만들고 있다는 것이겠지요. 그래서일까요. 이 음반은 컬래버레이션 앨범을 보는 듯한 개성과 신선함을 지니고 있습니다. 그러면서도 '마이클 잭슨 키드'의 존경심은 이 앨범이 마이클 잭슨 본연의 모습을 잃지 않도록 미덕을 발휘합니다. '저스틴 팀벌레이크Justin Timberlake'와 함께한 타이틀 'Love Never Felt So Good'를 시작으로 전설의 귀환을 체험해볼까요.

틀 속의 자유

폼플라무스 - Season 2

기존에 발표되었다가 다른 아티스트에 의해 연주되거나 레코딩된 음악을 흔히 '커버송cover song' 또는 '커버 버전cover version'이라고 부릅니다. 혹은 이 작업을 가리켜 영화 용어인 리메이크remake라고 부르기도 하지요. 커버는 대중음악이 지닌 큰 특징이자 경향입니다.

오랜 세월동안 수많은 아티스트의 음악이 다양한 방식으로 '커버'되며 새로운 의미를 획득했습니다. 흙속의 진주를 발견한 듯 재조명되는 곡도 있지만 오히려 실망감을 안기는 커버도 있었지요. 사실 저는 커버 음악을 즐겨 듣지 않는 편입니다. 청중의 입장에서 오리지널의 감동을 넘어서는 커버 음악을 발견하기가 힘들기도 하거니와 음악을 하는 사람으로서도 다른 아티스트의 음악을 다시 해석한다는 게 쉽지 않기 때문이지요. 신중하고 조심스러운 책임감이 요구되는 것도 그래서입니다. 그래서인지 학창시절에도 구매하려던 앨범에 커버송이 들어 있으면 일단 의심부터 했습니다. 커버음악에 대한 선입견은 이후 제가 음악을 만드는 사람이 되어서도 계속되었습니다.

그러나 오늘 소개할 '폼플라무스Pomplamoose'의 음악이 이런 저의 선입견을 완전히 바꾸어놓았습니다. 폼플라무스는 다양한 악기를 다루는 두 명의 뮤지션 '잭 콩테Jack Conte'와 '나탈리 던Nataly Dawn'으로 이루어진 듀오입니다. 유명 팝 넘버의 커버 버전을 주로 선보이는 특이한 행보를 보여주고 있지요. 2008년 자신들의 커버 음악 동영상을 유튜브와 마이스페이스에 처음 소개하면서 높은 조회수를 기록하며 빠른 입소문을 탔습니다.

폼플라무스의 음악은 오리지널 곡의 멜로디를 포함한 주요 요소를 손대지 않고도 완전히 다른 감각과 정서로 탈바꿈시킵니다. 기존의 커버들이 가끔 저지르는, 오리지널의 틀을 깨는 실수가 치밀하다 싶을 정도로 보이지 않습니다. 그럼에도 그 탈바꿈의 결과물은 감탄을 자아냅니다. 자몽을 의미하는 프랑스어 Pamplemousse를 영어식으로 적은 팀 이름에서 짐작할 수 있듯, 톡톡 튀는 개성과 나탈리 던의 청아하고 신선한 목소리가 어울린 그들의 노래는 단순한 커버가 아닌 폼플라무스의 음악 그 자체로 들립니다.

더욱 놀라운 점은 그들의 커버가 고유한 스타일을 유지한다는 것입니다. 자신들의 음악을 선보이는 하나의 방법으로 커버를 채택한 것이 아닐까 싶을 정도로요. 오늘 추천하는 폼플라무스의 2014년 앨범 〈Season 2〉는 '버글스Buggles'의 'Video Killed the Radio Star'를 비롯해 '웸Wham'의 'Wake Me Up Before You Go-Go', '퍼렐 윌리엄스Pharrell Williams'의 메들리까지 시대와 장르를 넘나드는 명곡들로 가득합니다. 오늘은 명곡의 틀을 빌려 마음껏 자유로움을 뽐내는 폼플라무스의 음악을 만끽해보세요.

Video Killed the Radio Star
공식 뮤직비디오

음악가의 목소리

신해철 - The Return of N.EX.T Part 2: World

음악을 만드는 사람에게 반드시 찾아오는 '고비'의 정체는 무엇일까요. 저는 아마도 두려움이 아닐까 합니다. 그 두려움은 지금 만드는 음악에 대한 세상의 평가일 수도 있고, 창작의 열정으로 인해 소외되는 가족과 친구일 때도 있습니다. 자신의 한계에 대한 끊임없는 질문과 자책이 될 수도 있겠지요. 그 대상이 무엇이든 작품을 만드는 순간만큼은 어떤 신적 존재가 아티스트를 지켜줄 거라고, 그것이 고비를 넘어 나아가게 하는 힘이라고 저는 믿어왔습니다. 그런데 이 근거 없고 개인적인 믿음이 신해철 선배의 비보를 듣고 깨어지는 듯했습니다.

드라마 〈마지막 승부〉와 〈우리들의 천국〉이 인기를 얻고, 저마다 대학 진학을 꿈꾸던 시절이 있었습니다. 그러나 한창 축제에 열광하던 대학가의 분위기와 달리 제가 다니던 학교는 참 조용한 편이었습니다. 다른 학교 친구들이 "너희는 독후감 쓰느라 바쁘다며? 축제에 스타는 안 오냐?" 하는 핀잔을 던질 때면 "우리 학교는 신해철 있거든!"이라며 목소리를 높이기도 했지요.

우리에게 그는 유명 연예인이자 학교의 자존심(?)을 상징하는 맏형이고 대장이었습니다. 그의 팬이었든 아니었든 그와 함께한 기억과 시간이 존재할 겁니다. 그의 부재에 우리가 삶의 한 페이지가 뜯겨나간 것 같은 깊은 상실을 공감하는 것도 그래서이겠지요.

한국 대중가요는 오랫동안 음악의 가사와 내용, 사회상 반영과 같은 가치에 편향되어왔습니다. 이것을 넘어 음악 자체의 형식과 틀을 깨고, 진보하는 아티스트로서의 가치를 보여준 대중음악가가 바로 고故 '신해철'입니다. 늘 선두에 선 골목대장처럼 그가 있었지요.

우리가 왼쪽과 오른쪽 혹은 가진 자와 못 가진 자로 세상을 가를 때에도 그는 음악가가 어떻게 자신의 목소리를 내야 하는가에 대해 가장 '폼나는' 방법을 보여주었습니다. 거창한 이슈가 아닌 우리 삶에 뿌리를 둔 그의 사회적 메시지는 그래서 때로 농담 같고 실없는 수다 같기도 했지만 누구나 마음 깊이 공감할 수 있었습니다.

그에 대한 라디오 방송을 만들고 그에 대한 글을 쓰고 있지만 먹

먹한 마음이 좀처럼 가시지 않습니다. 오늘은 그가 이끈, 한국 대중음악 역사상 가장 빛나는 밴드 '넥스트'의 앨범 〈The Return of N.EX.T Part 2: World〉를 여러분과 듣고 싶습니다.

다시 애니메이션 앞으로

마이클 지아치노 - 업 사운드트랙

어린 시절, 일요일 아침이면 누가 깨우지 않아도 스스로 일찍 일어나곤 했습니다. 가장 인기 있던 만화영화를 TV에서 방영했거든요. 꼭두새벽부터 TV 앞에 앉아 마냥 기다리던 제 모습이 가끔 떠오릅니다.

애니메이션이 더는 아이들의 전유물이 아니게 된 지도 꽤 오래되었습니다. 만화영화와 함께 어린 시절을 보냈으며, 성인이 되어서도 여전히 애니메이션의 매력에 빠진 분들도 많지요. 저 역시도 수많은 만화영화와 함께 자라왔습니다. 그러나 솔직하게 말하자면 성인이 되어서는 예전만큼 관심을 가지거나 큰 감동을 받지 못했습니다. 심지어 꽤 오랜 기간 동안 애니메이션이라는 장르에 아예 관심이 가지 않았습니다.

그런 제가 다시 애니메이션에 흥미를 느끼게 된 것은 '픽사Pixar Animation Studio'의 작품들을 접하면서입니다. 픽사는 미국 캘리포니아에 위치한 애니메이션 제작사이자 컴퓨터그래픽 회사입니다. 〈토이 스토리〉부터 〈벅스 라이프〉, 〈몬스터 주식회사〉, 〈니모를 찾아서〉에 이르기까지 필모그래피가 대단하지요. 캐릭터와 이야기, 음악과 그래픽이 참신하게 어울린 픽사의 애니메이션은 디즈니와 일본 애니메이션에 어딘지 진부함을 느낀 관객을 단번에 사로잡았습니다. 2006년 디즈니와 합병되었지만, 여전히 그들만의 개성 있는 작품을 내놓고 있습니다.

그중에서도 2009년 영화 〈업Up〉은 세월이 흘러도 몇 번을 다시 보게 됩니다. 아름답고 낭만적인 이야기를 바탕으로 인물과 캐릭터를 풀어나가는 영화음악은 매번 놀랍고 부럽기까지 합니다. 음악을 담당한 '마이클 지아치노Michael Giacchino'는 1967년 미국에서 태어난 작곡가입니다. 오랫동안 다양한 영상 분야에서 음악을 만들어왔고, 지금은 할리우드 영화계 및 드라마에서 가장 주요한 작곡가가 되었지요. 그의 음악이 본격적으로 사람들의 귀를 끌어들인 것은 〈로스트Lost〉와 〈앨리어스Alias〉, 〈프린지Fringe〉 등의 TV 시리즈가 방영되면서였습니다. 저 역시 유학 시절 드라마 〈로스트〉에 빠져 매주 시청하면서, 미국 드라마 음악이 본격적으로 새로운 국면을 맞았다고 느꼈습니다. 그리고 그 크레딧에는 마이클 지아치노의 이름이 있었지요.

〈업〉 사운드트랙은 이러한 그의 스타일과 궤를 같이합니다. 미국식 애니메이션 음악의 룰을 답습하는 듯하지만, 자세히 들여다보면 더없이 현대적입니다. 전통 재즈의 낭만과 향수가 오케스트라의 음악 속에 진부하지 않게, 옛 전형을 갖추어 자리 잡고 있습니다. 오래된 음악과 장르의 컨벤션을 유지하면서도 새 힘을 불어넣는 〈업〉의 에너지를 사운드트랙을 통해 전합니다.

헤비메탈의 신화를 쓰다

메탈리카 - ... And Justice for All

태어나서 처음 접한 악기는 피아노였지만, 십 대 청소년이 되어 가장 갖고 싶던 악기는 전자기타였습니다. 하지만 한창 음악에 빠져 공부도 등한시한 시기였기에 부모님께서 극구 반대하셨지요. 저는 동네 친구 중 유일하게 전자기타를 갖고 있던 친구에게 몰래 기타를 빌려 다락에 숨겨놓았습니다. 그러고는 부모님이 안 계신 틈을 타 연습을 하고는 했습니다. 그 시절, 전자기타로 록 밴드의 곡을 연주할 줄 아는 친구들이 어찌나 부럽던지요.

이런 저를 기타 연습에 더더욱 매진하게 한 앨범이 있습니다. 다른 록 밴드와는 확연히 다른 그들을 만났을 때의 충격이 아직 생생한데요. 바로 '메탈리카Metalica'의 1988년 앨범 〈...And Justice for

All〉입니다.

훌륭한 록 밴드가 많지만 오랜 세월 열광할 수 있는 단 하나의 록 밴드를 꼽으라면 바로 '메탈리카'가 아닐까요. 메탈리카는 보컬과 기타에 '제임스 헷필드James Hetfield', 기타에 '커크 해밋Kirk Hammett', 베이스에 '로버트 트루히요Robert Trujilo', 드럼에 '라스 울리히Lars Ulrich'의 라인업으로 지금도 왕성히 활동하고 있습니다.

록 그리고 헤비메탈의 역사에서 '스래시 메탈Thrash Metal'의 탄생은 빼놓을 수 없는 일대 사건이었습니다. 멜로디가 있는지 없는지 헷갈릴 정도로 읊조리는 듯한 보컬과 건조하고 강한 기타연주, 상상을 벗어난 속도의 드러밍 등 모든 것이 파격 그 자체였습니다. 그때도 지금도 이 새로운 음악의 한가운데에는 그룹 메탈리카가 있습니다.

1986년 세 번째 정규 앨범 〈Master of Puppets〉로 마니아의 뜨거운 지지를 받은 그들이지만, 해당 앨범의 투어 중 베이스 연주자 클리프 버튼이 사고로 사망하면서 메탈리카의 새로운 음악에 대한 우려 또한 컸습니다. 그러나 앨범 〈...And Justice for All〉에 이르러 메탈리카는 파격에 파격을 더해온 자신들의 행보조차 보란듯이 뛰어넘었습니다.

상업적으로나 대중적으로나 엄청난 성공을 거둔 〈...And Justice for All〉은 그렇게 헤비메탈 역사의 살아 있는 신화가 되었습니다. 철학적인 노랫말과 다양한 장르를 감싸안는 포용력을 바탕으로 그간의 고집스런 열정이 드디어 빛을 발한 것입니다. 메탈리카의 음악은 지금까지도 누구도 따라할 수 없는, 대중음악의 개성 있는 영역을 차지하고 있습니다.

깊고 단순하게

필립 글래스 - 디 아워스 사운드트랙

제가 사는 해운대에 있는 '영화의전당'에는 영화를 주제로 한 도서 및 자료를 열람하는 시설이 있습니다. 얼마 전 이곳에 들러보았습니다. 한쪽에 정리되어 있는, 지금은 발간을 멈춘 추억의 영화 잡지 〈스크린〉을 발견하자 까맣게 잊고 있던 기억이 떠올랐습니다. 이 잡지에 영화음악에 관한 칼럼을 연재한 적이 있거든요. 데뷔 앨범조차 발매하기 전이니 정말 오래전의 일이네요. 10년도 더 지난 글을 다시 읽으며 초등학교 때의 일기장을 읽는 듯 부끄럽기도 하고, 그때와는 달라진 지금의 시선도 깨달았습니다. 그중 유독 한 영화음악에 대한 이야기가 눈에 띄었습니다. 바로 영화 〈디 아워스The Hours〉의 사운드트랙입니다. 신기하게도 요즘 제가 가장 즐

겨 듣는 음반이기 때문입니다.

1999년 퓰리처상과 펜포크너상을 수상한 마이클 커닝햄의 소설 《세월》을 원작으로 한 이 작품은 당시 영화화 소식만으로도 화제를 모았습니다. 저도 2003년, 국내 개봉과 동시에 광화문의 한 시네마테크에서 이 영화를 보았습니다. 강렬한 체취가 배어나는 듯한 영화의 이미지들이 좀처럼 뇌리에서 떠나질 않았지요. 그러나 그보다 더 마음 깊이 파고드는 것이 있었습니다. '필립 글래스Philip Glass'가 작곡한 이 영화의 음악입니다.

필립 글래스는 1937년 미국에서 태어났습니다. 미니멀리즘이라는 용어로 대표되는 그의 음악은 말 그대로 이 시대에 지대한 영향을 끼쳤습니다. 저는 장르를 불문하고 오늘날의 음악에서 가장 기억해야 할 아티스트로 반드시 '라디오헤드'와 '필립 글래스'를 꼽곤 하는데요. 특히 뉴욕을 중심으로 한 필립 글래스 앙상블 음반은 꼭 한번 들어보시길 권합니다.

새 영화음악을 진행 중인 요즘, 스튜디오에서 예전의 제 음악들을 들으며 소리에 집중하는 시간을 가져봅니다. 어쩌면 해결의 열쇠는 기억 어디쯤 있을지도 모른다는 생각이 들어서요. 마치 잊혀진 후 떠올리는 것조차 포기한 비밀번호가 적힌 쪽지를 우연히 발견했을 때의 기쁨처럼 말이지요.

시월이 오면

배리 매닐로 - 2:00 AM Paradise Cafe

한동안 잊혔다가도 어느 순간 가슴 깊이 스며드는 음악이 있습니다. 그 순간 이 음악이 왜 다가오는지 이유를 알 수 없는데도 말이지요. 더 당황스러운 것은 전혀 엉뚱한 장소에서 이 같은 음악을 접하게 된다는 것입니다. 말하자면 이런 상황이지요.

동네 미용실에서 아주머니들과 도란도란 앉아서 파마를 하고 있었습니다. 그런데 갑자기 흘러나오는 '라디오헤드'의 노래에 대화를 이어갈 수 없을 만큼 울컥한 적이 있습니다. 한번은 야외에서 가족들과 고기를 굽다가 들려온 '이용'의 '잊혀진 계절'에 멍해진 나머지 고기를 전부 태워버리고 말았지요. 그러고 보면 음악이란 각자의 기억에서 영원히 살아 숨 쉬는 나만의 음악들인지도 모릅니다.

이 계절에 여러분은 어떤 음악을 듣고 있나요? 제게도 저만의 '10월의 음악'이 있습니다. 바로 '배리 매닐로Barry Manilow'의 1984년 앨범 〈2:00 AM Paradise Cafe〉입니다.

특히 이 시기에 어디선가 흘러나오는 배리 매닐로의 'When October Goes(시월이 가면)'을 들으면 나도 모르게 단풍잎 하나 들고 한적한 길을 걸어야 할 것 같은 마음이 들지요.

배리 매닐로는 1943년 뉴욕 브루클린에서 태어난 가수이자 작곡가, 프로듀서입니다. 수많은 빌보드 히트 싱글과 멀티 플래티넘 앨범을 보유하고 있습니다. 디스코와 발라드를 비롯해 꽤 폭넓은 장르를 다루지만 모든 음악을 관통하고 있는 배리 매닐로 특유의 감성은 '달콤함'입니다.

국내에서 그의 음악을 소위 '슈가 팝'으로 지칭하던 때가 있었는데요. 음악에서 일관되게 들리는 낭만적이면서도 우수 어린 노랫말과 멜로디 때문입니다. 특히 이 음반은 배리 매닐로의 격조를 한층 끌어올린 대표작으로 손꼽힙니다. '멜 토메Mel Tormé'와 '세이러 본Sarah Vaughan' 등 유명 재즈 아티스트가 대거 참여해 세련미를 더합니다. 사흘 동안의 리허설을 거쳐 로스앤젤레스의 스튜디오에서 모든 곡을 수정 없이 한 테이크로 녹음해 화제가 되기도 했지요. 자유롭고 생동감 있는 연주와 스튜디오 녹음의 정교함, 이 둘을 함께 보여준 명반입니다.

특히 여성 재즈 보컬리스트의 전설인 세이러 본과 함께 한 네 번째 트랙 'Blue'는 제가 이 앨범에서 가장 좋아하는 곡이자 이 10월에 꼭 들려드리고 싶은 음악입니다. 오늘도 제가 진행하는 라디오에서 이 곡을 소개했지요. 순간 오늘이 꿈을 꾸는 10월인 듯 느껴집니다. 이 앨범은 배리 매닐로가 어느 날 꾼 꿈에서 시작되었다는데, 아마 그래서일지도 모르겠네요.

배리 매닐로
공식 홈페이지

한낮의 음악

마이클 캐리언 - Love Adolescent

많은 아티스트가 가진 공통적인 습관 중 하나가 바로 밤 시간에 작업을 하는 것일 테지요. 저 역시 지난 10여 년 동안 앨범을 내면서 남들이 곤히 잠든 밤이나 새벽에 곡을 만들어왔습니다. 특별한 이유나 강요 없이 자연스럽게 습관이 정착한 것을 보면 조용한 밤의 매력이 창작에 적잖은 영향을 미치는가 봅니다. 만일 낮에 음악을 만들었다면 지금의 제 음악은 달라져 있을까요? 어떤 변화가 있었을까요? 저 자신도 참 궁금해집니다.

한 가지 확실한 것은 태양빛 아래에서 반응하는 감정의 빛깔은 그 기운이 완연히 사라진 밤의 그것과 전혀 다르다는 사실인데요. R&B 뮤지션 '마이클 캐리언Michael Carreon'의 음악을 들을 때면 '그

만일 낮에 음악을 만들었다면 지금 제 음악은 어떤 모습일까요?

는 이 곡을 하루 중 언제 만들었을까?' 하고 생각하게 됩니다.

우선은 달콤한 사탕을 물고 있는 듯 달콤하고 예쁜 멜로디와 보컬 때문입니다. 낭만적인 그의 음악을 듣고 있노라면 마치 감성으로 충만해서 터질 듯한 순간에 이 곡이 완성되지 않았을까 넘겨짚게 되지요. 그리고 하루 중 그런 때가 언제인지 마구 궁금해집니다.

다른 한 가지 이유는 그의 채널에서 소개된 동영상들 때문입니다. 마이클 캐리언은 일상 속에서 자연스럽게 녹화한 라이브 비디오 클립을 꾸준히 선보이고 있습니다. 노래하는 그의 모습은 녹화된 그 시간과 너무나 잘 어울리는 신기한 매력을 지녔습니다. 마치 "이 노래는 어제 해가 지기 몇 분 전에 완성한 것인데 들어볼래?" 하고 말을 건네는 듯하지요. 2011년 발표한 앨범 〈Carry On〉과 2014년 발표한 두 번째 정규 앨범 〈Love Adolescent〉는 이러한 즐거움을 만끽할 수 있는 음반들입니다. 〈Love Adolescent〉의 마지막 트랙인 'The Simple Things'는 그의 음악적 성향을 대변하는 수작입니다.

고백하자면 몇 년 동안 저는 낮에 곡을 만드는 습관을 가지려고 노력해왔습니다. 새 정규 앨범을 지배하는 감정의 지점 때문입니다. 그 감정의 한가운데에는 태양이 선사하는 빛의 기운이 필요하거든요. 앞으로 당분간 제 음악이 가졌으면 하는 새로운 기운이기도 하지요. 한참이 지나 이제야 겨우 낮에 곡을 만들 수 있게 되었네요. 지금 한창 작업 중인 곡은 멜로드라마 영화음악입니다. 무엇보다도 제가 처음으로 모든 트랙을 낮에 작곡한 영화음악이 될 거예요. 애틋한 사랑 이야기를 환한 대낮에 만드는 것이 가능하겠느냐고요? 그 대답은 영화가 개봉되면 음악과 함께 들려드리겠습니다.

The Simple Things
공식 영상

FELIX MENDELSSOHN
PHILIPS

Part. 2

내가 음악에게

음악이 선사하는 축복 덕택에
저는 이만큼
씩씩해졌습니다.

음악이 나에게 내가 음악에게

푸딩 - If I Could Meet Again

지난 주말(2013년 10월 19일~20일), '그랜드 민트 페스티벌 2013'이 열렸습니다. 저는 '러빙 포레스트 가든'의 헤드라이너를 맡아 무대를 마감했지요. 처음 맡게 된 헤드라이너이기에 부담도 컸지만 오랫동안 기억에 남을 무대였습니다. 감사하게도 '푸디토리움'의 무대를 함께해준 모던록 밴드 '롤러코스터'의 조원선 씨를 저는 이렇게 소개했습니다. "공연에서 이분과 함께 연주하고 싶다는 마음도 물론 있었지만, 관객의 마음으로 관객석에서 이분의 무대를 보고 싶어 초대했다"고요. 저 역시 뮤지션이기 이전에 데뷔 전부터 조원선 씨의 팬이었기에 그날의 공연은 잊지 못할 공연으로 남았습니다. 그리고 다음 날 해운대로 돌아와 휴식하고 있을 때 이번에 드럼

을 맡아준 친구에게 문자가 왔습니다. 어린 시절 '푸딩'의 음악을 들으며 뮤지션의 꿈을 키워왔다며, 너무나 기뻤다는 내용이었어요. 전부터 같이하고 싶었던, 매력적인 연주를 선사하는 친구였기에 더 흐뭇했습니다. 세월을 넘어 서로가 서로에게 음악의 길을 건게 한 사람들이 음악을 통해 다시 무언가를 만들어가는 과정이야말로 음악이 주는 가장 큰 축복 아닐까요.

2003년 선보인 '푸딩' 1집 〈If I Could Meet Again〉은 저의 데뷔작이자 밴드 푸딩의 데뷔 앨범입니다. 흔히 밝고 '샤방샤방'하다는 평가를 받곤 하는 푸딩의 음악은 사실 제 어머니가 오랜 암 투병 끝에 세상을 떠난 지점에서 시작되었습니다. 그리움을 감당하기에 너무나 작았던, 무겁고 괴로운 마음을 어디엔가 몰입하지 않고는 견딜 수 없던 제가 어머니에게 보내는 편지 같은 앨범입니다.

이 작업을 위해 당시 군악대에서 함께 복무한 친구들이 마음을 모아 팀을 결성해주었지요. 그렇게 단 두 장의 앨범을 낸 푸딩의 앨범은 첫 앨범의 첫 곡인 '몰디브Maldive'로 시작해 두 번째 앨범의 마지막 트랙인 '몰디브로 가는 마지막 비행The Last Flight to Maldive'으로 마무리됩니다. 병이 나으면 꼭 몰디브에 가보고 싶다는 것이 10년을 투병한 어머니의 소망이었기 때문입니다. 몰디브는 여전히 존재하지만, 그때 제게 몰디브란 어머니 당신과 함께하지 않는 한 존재하지 않는 곳이었지요. 상처라는 단어는 비록 하나이지만 사람들이 지닌 상처는 저마다 다르고 달리 존중받아야 하며 결코 잊히지 않

푸딩 시절 가진 콘서트.
2006년 브이홀.

는다는, 저 자신에게 상당히 혹독한 곡들이었습니다.

10년이 지난 지금, 이렇게 조금이나마 그때의 이야기를 고백할 수 있는 것은 제 마음이 변해서가 아닌, 음악이 선사하는 축복 덕분일 거예요. 그 덕택에 저는 이만큼 씩씩해졌습니다. 저와 함께해준 멋진 뮤지션 여러분과 제 음악을 들어주고 글을 읽어주신 여러분께 감사드립니다.

거울 속의 거울

아르보 파르트 - Alina

칼럼 '음반가게'를 연재하면서 아무도 모르게 뿌듯한 한편, 조심스러운 마음도 커집니다. 제가 소개하는 음반과 이야기가 원래의 취지에 들어맞는지, 이 음반을 소개하는 것이 적절한지 한 번 더 고민하게 되는 것이지요. 사실, 몇몇 음반은 칼럼 연재를 결심했을 때부터 반드시 지면을 통해 소개하겠다고 벼르던 것들입니다. 즉, 칼럼의 방향에 대해 스스로 돌아보게 하는 일종의 나침반이나 지표인 셈이지요. 아티스트 '아르보 파르트Arvo Pärt'의 앨범 〈Alina〉 역시 그렇습니다.

아르보 파르트는 1935년 에스토니아에서 태어난 클래식 작곡가입니다. 그의 작품들은 크게 두 시기로 나뉘곤 하는데요. 러시아의 작곡가 드미트리 쇼스타코비치와 세르게이 프로코피예프, 헝가리의 벨라 바르톡의 영향을 받아 만들어진 신고전주의 스타일의 작품과 그 이후의, 오스트리아의 작곡가 아놀드 쇤베르크의 12음계 작곡법에 영향을 받은 작품들입니다.

1970년대 후반부터 그는 본격적인 미니멀리즘에 입각한 음악을 선보였습니다. 이러한 작업을 통해 대중에게 본격적인 두각을 드러내고 현대음악사에서 빼놓을 수 없는 아티스트로 입지를 다지지요. 종鐘을 뜻하는 의성어적 라틴어인 '틴티나불리tintinnabuli'라는, 스스로 창조한 새로운 작곡법을 탄생시킨 것도 이 시기의 일입니다.

'틴티나불리'의 특징은 곡의 전개가 오직 두 가지 소리 혹은 두 종류의 악기로 표현된다는 것입니다. 첫 번째 악기가 지극히 단순한 3화음의 아르페지오로 연주된다면 두 번째 악기는 같은 조성 안에서 순차적으로 한 음씩 이동하면서 미니멀한 연주를 선보이는 식이지요. 이러한 그의 작곡법을 세상에 처음 선보인 음악이 바로 1976년 발표한 'Für Alina' 그리고 우리말로 '거울 속의 거울'이라는 의미를 가진 1978년 작품 'Spiegel Im Spiegel'입니다. 오늘 소개하는 앨범 〈Alina〉에서 우리는 이 두 작품을 모두 만날 수 있습니다. 총 다섯 트랙으로 구성된 이 앨범은 'Spiegel Im Spiegel' 세 곡과 'Für Alina' 두 곡을 포함하고 있습니다. ECM 레이블이 특유의 현대재즈와 민속음악 앨범들 이후 새롭게 선보이는, 독자적인 현대음악 시리즈의 대표 앨범입니다. ECM 레이블 덕택에 아르보 파르트를 대중적으로 알리는 결정적인 계기가 마련된 셈입니다.

앨범 〈Alina〉를 들으며 아르보 파르트가 이야기한 자신의 작곡법 '틴티나불리'에 대한 설명을 다시 한 번 읽어봅니다.

'틴티나불리는 나 스스로 질문에 관한 대답을 찾을 때 서성이는 장소입니다. 내 삶에서, 내 음악에서, 내 작품에서, 내 어두운 시간 속에서…… 오직 이것만이 내게 의미를 선사할 것입니다. 저는 그렇게 굳게 믿고 있습니다.'

내가 음악으로 보여주고 싶은 모든 것

마리아 본자니고 & 루시 카숑 - Rain 사운드트랙

서커스를 보신 적이 있으신가요? 아주 오랫동안 제게는 아버지가 당신의 어린 시절 친구들과 서커스를 보러 가셨다며 들려주신 무용담이 서커스의 전부였습니다.

그리고 제가 어른이 되고 밴드 '푸딩'의 두 번째 앨범을 낸 후의 일입니다. 당시, 극심한 슬럼프에 빠져 힘들어 하던 기억이 납니다. 기존의 공연과 공연문화에 대해서도 상당한 회의가 들었지요. 공연에서의 새로운 시도와 실험을 향한 갈망 또한 몹시 간절해졌습니다. 그러나 다양한 공연을 접하면 접할수록 갈증이 해소되기는커녕 더욱 심해지고, 해결의 실마리는 좀처럼 보이지 않았습니다. 그러던 어느 날, 광화문을 지나다가 극장에 걸린 광고를 보았습니다. 극단 '서크 엘루아즈Cirque Éloize'의 서커스 〈Rain〉을 알리는 광고였습니다. '요즘 같은 때에 서커스라고?' 하고 의아해 하면서도 슬그머니 호기심이 일었습니다. 아버지의 무용담에 등장하던 그 서커스는 정말로 어떤 것이었을까.

그 막연한 호기심이 공연에 질린 저를 다시 공연장으로 이끌었습니다. 결론부터 말하자면, 저는 〈Rain〉을 보고서야 음악으로 나 자신이 무엇을 하고 싶던 것인지 깨달았습니다. 너무나 뛰어난 연출에 감탄한 나머지 심지어 음악을 그만두고 싶을 만큼 자괴감에 빠지기도 했지만요. 그럼에도 방학이 끝난 후 보스턴으로 돌아가서도 네 번이나 더 이 공연을 보려고 공연장을 찾았습니다. 아크로바트를 넘어 무용과 연극, 음악, 문학 등 예술의 전 장르가 한 무대에서 어우러져 주제를 향해 가는 공연 〈Rain〉은 극의 모든 순간을 지금도 생생히 떠올릴 정도로 무척이나 아름답고 또 충격적입니다. 이 정도면 제 인생의 공연이라고 불러도 좋겠지요. 고백하건대, 2012년 가진 푸디토리움 〈New Sound Set〉 공연의 기본 콘셉트 또한 이 〈Rain〉 공연에서 적잖이 영향받았습니다.

공연 자체도 놀라웠지만, 〈Rain〉의 사운드트랙 역시 상당한 완성도를 보여주었습니다. 2005년 발매된 이 앨범은 뮤지컬 작곡가인 '마리아 본자니고Maria Bonzanigo'와 피아니스트 '루시 카숑Lucie Cauchon'의 공동 작업으로 만들어졌습니다. 피아노와 바이올린, 첼로, 아코디언 등으로 구성된, 단순한 악기편성이 선사하는 깔끔함이 돋보입니다. 여기에 연출자 다니엘 핀지 파스카Daniele Finzi Pasca가 쓴, 배우들의 대사 및 내레이션이 어우러집니다. 그래서 '귀로 보는 뮤지컬'이라 불릴 정도로 시각적인 환기가 강하며, 스토리텔링이 뛰어나지요.

며칠 동안 제가 사는 해운대에는 비가 내렸습니다. 이 글을 맺는 지금도 하늘이 당장 비를 뿌릴 것 같네요. 저도 우산을 들고 길을 나섭니다. 오랜만에 빗속을 산책하며 이 앨범을 들어볼까 합니다. 이 멋진 공연의 연출을 맡은 다니엘 핀지 파스카의 인터뷰로 이 글을 마칩니다.

"어린 시절, 내 삶에 첫 여름 폭우가 왔을 때 나는 정원으로 뛰어나가 온몸이 흠뻑 젖도록 뛰어놀았다. 나는 지금도 그때의 자유로움을 사랑한다. 빗물로 찰박거리는 신발, 무겁게 젖은 외투, 물이 뚝뚝 떨어지는 머리카락. 우리가 예상할 수 없는 것들이 하늘로부터 내린다. 그것은 메시지 혹은 신호, 어쩌면 어떤 약속인지도 모른다. 이 무대는 향수nostalgia에 관한 것이다. 어느 날 고향의 집에 돌아가야 할 것만 같은 알 수 없는 감정. 가족과 살았던, 그리고 당신이 발 디디고 있던 그 집으로……. 집에서 당신이 석양을 바라볼 때 느끼는 이 아름답고 달콤한 슬픔을 '당신의 두 눈에 내리는 비rain in your eyes' 라고 우리는 이야기한다."

내 음악의 작은 마침표

사이먼 앤드 가펑클 - The Concert in Central Park 1981

여러분의 첫 음반은 어떤 음반인가요? 음반 전체를 듣고 그 앨범의 아티스트와 제목을 기억하는 '첫 앨범' 말입니다. 오늘은 저의 첫 앨범을 소개하려고 합니다.

지난 며칠 동안 한 대학교의 신입생 실기시험 채점을 맡았습니다. 오랫동안 이 시간을 위해 준비한 한 사람 한 사람의 긴장이 제게도 그대로 전해지더군요. 수험생도 아닌 제 마음이 어찌나 떨리던지 작은 실수라도 있으면 제가 더 안타까웠습니다. 그러나 많은 수험생들이 똑같은 입시곡을 준비하고 타인의 연주를 개성 없이 반복하는 모습이 마냥 이해하기만은 힘들었습니다. 물론 한국의 입시라는 특수한 상황은 우리 모두 알고 있는 것이지요. 단 몇 분 안에 자신의 모든 기량을 드러내 합격을 해야만 하는 절박한 현실도요. 언젠가, 어제 만난 수많은 수험생들을 입시와 관계없이 다시 만날 수 있다면 함께하고 싶은 것이 한 가지 있습니다. 각자 기억하는, 자신의 첫 앨범 이야기를 서로 이야기하고 들어주는 것입니다. 언제 어디서 그것을 들었는지도요.

제가 기억하는 저의 첫 앨범은 '사이먼 앤드 가펑클Simon & Garfunkel'의 앨범 〈The Concert in Central Park 1981〉입니다. 사이먼 앤드 가펑클은 '폴 사이먼Paul Simon'과 '아트 가펑클Art Garfunkel' 두 사람으로 이루어진 포크 듀오입니다. 팝 역사상 너무나 유명한, 전설의 아티스트라 소개가 필요하나 싶을 정도로 그 인기와 명성은 대단합니다. 이 앨범은 해체 후 그들이 다시 만나 가진, 뉴욕 센트럴 파크에서의 공연 실황입니다. 두 사람의 하모니도 아름답지만 당시 약 50만 명의 관객이 함께했다는 점에서 역사적으로도 손꼽히는 실황앨범이지요.

이 앨범이 발매된 것은 제가 유치원을 다니던 즈음이었습니다. 그때는 이 앨범을 LP 레코드로 들었습니다. 꽤 성숙한 아이였다고요? 실은, 어머니가 사이먼 앤드 가펑클을 무척 좋아하셨거든요. 더블 앨범으로 이루어진 긴 러닝타임의 이 앨범을 항상 처음부터 끝까지 듣곤 하셨습니다. 들을 때마다 행복해 하시던 모습이 지금도 눈에 선합니다.

세월이 흘러 저는 CD를 사 모으는 열혈 록 키드의 유년기를 보냈고, 전축은 언제인지 모르게 집에서 사라졌습니다. 더 세월이 지나 어머니는 세상을 떠나셨고요. 레코드들은 먼지만 쌓여가는 애물단지가 되어버렸습니다. 참으로 긴 시간이 흘렀네요.

뉴욕을 떠나기 전, 자그마한 턴테이블을 하나 구입했습니다. 그리고 부산에 도착해서 이삿짐을 정리한 후 이 음반을 찾아 새 턴테이블에 올려놓았지요. 새 집 정리가 끝난 후 제가 가장 처음 한 일이었습니다. 어머니와 같이 듣던 그때처럼 사이먼 앤드 가펑클의 음반을 듣고 싶었습니다. 그제야 긴 유학과 해외에서 앨범을 녹음하던 오랜 여정에 마침표 하나를 찍었구나 하는 생각이 들었어요. 한국으로 돌아왔다는 것이 몸으로 느껴졌습니다. 10년이 넘는 세월이 지났지만 여전히 어머니가 무척이나 그리웠던 모양입니다. 여러분의 기억 속 첫 음반은 어떤 이야기를 가지고 있나요?

여러분의 첫 음반은 어떤 이야기를 가지고 있나요?

프랑스로 떠나다

가브리엘 야레 - 베티 블루 사운드트랙

무작정 여행을 떠나기로 했습니다. 새 라이브 앨범에 대한 막바지 준비가 한창이라 고민이 되기는 했지만 떠나기로 했습니다. 지금 떠나지 않으면 안 될 것 같은 막연한 무엇이 느껴졌습니다. 평소, 철저한 준비와 빈틈없는 계획이 오히려 여행의 재미를 반감시키는 것이라 생각해왔습니다. 그래서 좀처럼 아무런 준비 없이 도시만 정한 채 떠나고는 했지요. 이번에도 정말 비행기 표만 마련해서 탑승했습니다. 그나마 파리로 가는 표를 끊은 것도 떠나기 이틀 전이었지요.

하지만 마무리하지 못한 일들에 대한 걱정 때문인지 좀처럼 여행에 집중할 수가 없었습니다. 그런데 문득 프랑스를 여행하고 싶다는 생각을 처음한 게 언제였지? 싶더군요. 세상에! 비행기에서조차 여행 계획은커녕 이런 엉뚱한 생각만 하고 있다니요. 그러던 중 혼자서 "아 맞다!" 하며 떠오른 영화 한 편이 있습니다. 바로 영화 〈베티 블루Betty Blue, 37°2 Le Martin〉였습니다. 제게 프랑스 여행을 꿈꾸게 한 바로 그 영화이지요. 오늘은 이 영화의 사운드트랙을 소개해야겠습니다.

〈베티 블루〉는 뤽 베송과 레오 카락스 등 1980년대 프랑스 영화 감독들의 작품 경향을 이르는 '누벨이마주nouvelle image'를 이끈 대표적 감독 '장 자크 베네Jean Jaques Beineix'가 1986년 선보인 영화입니다. '베티'와 '조그'라는 남녀의 파격적인 사랑을 다루었지요. 중학생 시절 처음 접한 이 영화는 저에게 말 그대로 '충격'을 선사했습니다. 특히 베티 역을 맡은 베아트리체 달Béatrice Dalle의 연기는 지금도 잊히지 않습니다.

남자주인공 조그를 열연한 장 위그 앙글라드Jean-Hugues Anglade의 슬픔에 찬 눈빛도 이 영화의 팬이라면 잊을 수 없지요. 스스로 감당할 수 없을 만큼 광기를 폭발시키는 여주인공 베티를 보는 조그의 슬픔, 그리고 그녀를 죽음에 이르게 하는 결말은 다시 보아도 비극적이고 아름답습니다. 프랑스 남부의 해안을 배경으로 펼쳐지는 멋진 정경과 장 자크 베네 하면 떠오르는 특유의 색감과 미장센은 두 주인공의 속삭임을 관객들의 마음 깊이 전달합니다. 그리고, 그 모든 곳에 영화음악이 있습니다.

레바논 출신의 프랑스 작곡가 '가브리엘 야레Gabriel Yared'가 담당한 영화음악은 영화 전반에 걸쳐 흐르는 우울과 맞물려 서정적인 낭만을 연주합니다. 특히 영화에서 조그가 베티에게 피아노를 치며 들려주던 메인테마는 무척이나 단순하고 짧습니다. 그리고 영화가 끝나기 전 다시 한 번 반복되죠. 베티를 잃고 깊은 상실에 빠진 조그의 마음을 과하지도 덜하지도 않게 담담하게 그리는 이 음악은 사운드트랙의 백미입니다.

이 글을 마감하며 저도 어느 곳을 여행할지 결정했습니다. 프랑스 남부 지방을 가보아야겠어요. 프로방스 지역의 작은 마을들을 둘러보고는 베티와 조그의 방갈로가 있던 남부 해안을 차로 여행하려 합니다. 겨울에 찾는 그곳은 영화와는 또 다른 아름다움을 선사하겠지요.

재즈를 타고 과거로

미드나잇 인 파리 사운드트랙

영화 〈베티 블루〉와 함께 시작한 프랑스 여행이 어느덧 끝나갑니다. 무작정 떠나온 여행이지만 나 자신을 돌아보고 새로운 감흥도 얻었습니다. 그중에서도 프로방스 지역의 작은 마을 아를Arles이 특히 인상적이었습니다. 아를은 빈센트 반 고흐Vincent Van Gough가 사랑한 마을로 유명하지요. 전의 여행에서도 파리 근교의 오베르 쉬르와즈Auver Sur Oise를 가슴에 품고 돌아온 것을 떠올려보면 공교롭게도 프랑스 여행은 매번 고흐의 흔적을 따라가게 되는군요. 오베르 쉬르와즈 역시 고흐의 많은 작품이 탄생한 곳이자 그가 생을 마감한 곳이거든요.

유독 고흐의 자취가 남은 곳이 가장 기억에 남는 이유는 그 아름다움 때문이기도 할 것입니다. 잠시 지나려던 아를에서 결국 가장 긴 시간을 보내게 된 것도 제가 지금까지 가본 프랑스 마을 중 가장 아름다웠기 때문입니다. 사진으로 찍으려고도 애써보았지만, 좀처럼 생생히 담기가 어려웠습니다. 현실을 담는 빛과 색이 무엇인지, 미술시간에 무작정 암기한 인상주의가 무엇이었는지 그제야 조금씩 알 것 같았어요. 아마도 당분간 학창시절로 되돌아가 빛과 색을 다시 공부하게 될 것 같습니다.

여행하는 내내 '시간 여행을 할 수만 있다면!' 하는 생각이 들었습니다. 황당한 상상이지만요. 고흐와 피카소 등 예술가들이 활동하던 그 시대는 어땠을까 궁금해졌고, 그들과 단 몇 분이라도 대화를 해보고 싶더군요. 우디 앨런Woody Allen 감독이 2011년에 발표한 영화 〈미드나잇 인 파리Midnight in Paris〉는 바로 이런 절실한 상상을 담아낸 영화입니다. 주인공이 1920년대의 파리로 시간 여행을 하게 되면서 교과서에서나 나올 법한 예술가들을 만나고 함께하는 이야기이거든요. 부산으로 돌아가면 특히 이 영화를 몇 번이고 더 봐야겠다는 생각이 듭니다. 아쉽게도 고흐가 등장하지는 않지만요.

이 영화의 사운드트랙은 우디 앨런의 영화가 그러하듯 옛 재즈 음악들로 가득 차 있습니다. 가끔 보사노바나 집시 음악도 등장하지만, 여전히 주된 멜로디는 이 영화처럼 1900년대 전반부의 재즈 선율입니다. 우디 앨런 자신이 영화감독이자 배우이고 맨해튼 클럽에서 연주하는 뮤지션이기에 영화음악에 관한 그의 감각은 남다릅니다. 1920년대의 파리 풍경과 당시 예술가들의 조우가 무겁지 않게, 유머와 낭만을 곁들여 그려진 영화의 배경에 바로 재즈 선율이 있었습니다. 1920년대부터 1930년까지 녹음된 빈티지한 사운드와 오늘의 뮤지션들이 연주한, 시대를 풍미한 아름다운 레퍼토리가 한 앨범 안에 공존합니다. 그중에서도 가장 기억에 남는 트랙은 1959년 생을 마감한 작곡가이자 클라리넷 연주자 '시드니 베셋Sidney Bechet'의 'Si Tu Vois Ma Mère'입니다. 우리를 아득한 과거로 안내하는 듯한 음악이지요. 뒤이어 등장하는 '스티븐 렘벨Stephane Wrembel'의 기타곡과 '프랑수아 파리지François Parisi'의 아코디언 연주도 놓칠 수 없습니다. 그리고 미국의 작곡가인 '콜 포터Cole Porter'의 명곡이자 영화에서 그가 부르는 것으로 등장하지만, 실은 뮤지션 '코널 포크스Conal Fowkes'의 목소리로 듣는 'Let's Do It'은 과거와 현재를 뒤섞으며 우리를 이 매혹적인 이야기로 인도합니다. 단지 좋은 영화음악을 떠나 일관된 정서와 균형을 조화롭게 유지하고 있어 영화를 보지 않고 들어도 훌륭한 앨범입니다. 이제 다시 파리로 향해야 합니다. 파리로 돌아가는 차 안에서 이 앨범을 들으려고 합니다. 이 과거로의 여행을, 멀리 떨어져 있지만 여러분과 함께하고 싶습니다.

음악에 집중하는 시간

베이비 페이스 - 사랑을 기다리며 사운드트랙

짧지 않은 시간 동안 뉴욕과 보스턴에서 학교를 다니고 앨범 작업을 하면서 접한 공연들이 제게는 지금도 소중한 경험이자 자산으로 남아 있습니다. 음악을 하는 사람에게 있어 자신의 앨범을 만들고 사람들에게 들려주는 것만큼이나 다른 아티스트들의 공연에 찾아가 체험하는 것 또한 중요하다고 생각합니다. 제게 보스턴 시절 접한 최고의 공연을 딱 하나 꼽으라면 '베이비 페이스Baby Face'의 공연을 꼽고 싶습니다.

우리는 왜 공연장을 찾을까요? 그 아티스트의 음악을 직접, 가까이에서 즐기고 싶기 때문입니다. 저도 같은 이유로 공연장을 찾지만 한편으로는 공연을 하는 사람으로서의 고민이 머릿속에서 꼬리에 꼬리를 물 때가 있습니다. 공연을 즐기기는커녕 '나는 앞으로 어떤 공연을 만들어야 할까' 하는 잡념들로 공연 내내 다른 생각만 하다 나오기도 합니다.

그러나 베이비 페이스의 공연에서는 달랐습니다. 정말이지 쇼에 흠뻑 빠져 듣는 행위 외의 무엇도 머릿속에 들어오지 않았거든요. 놀라운 편곡과 밴드의 연주가 상상을 뛰어넘었습니다. 심지어 마이클 잭슨 성대모사처럼 개인적 취향과 다른, 절대 동의할 수 없는 유머에조차 동의하게 되더군요. 공연 후반부에는 베이비 페이스가 재킷을 벗어 머리 위로 던지는 무대매너를 보여줘서 깜짝 놀랐는데요, 그의 사운드가 너무나 멋진 탓에 거기에조차 감동하는 저 자신을 발견하고 더욱 놀랐습니다. 무대 위에서 선보이는 음악과 연주의 훌륭함에 젖어 무엇을 해도 동의하고 말았다고나 할까요. 결국 공연에서 가장 중요한 것은 오직 무대 위에서 연주되는 음악 그 자체라는 걸 다시 한 번 느꼈습니다.

공연도 공연이지만 베이비 페이스라는 이름이 대중들에게 가장 각인된 계기는 프로듀서로서 그리고 작곡가 및 편곡가로서의 디스코그래피일 것입니다. 그중 1995년에 발표한 영화 〈사랑을 기다리며Waiting to Exhale〉의 사운드트랙은 제가 꼽는 그의 최고의 앨범입니다. 이 앨범 역시 화려한 세션부터 눈에 들어옵니다. 그러나 베이비 페이스의 음악은 이 화려함이 전혀 방해가 되지 않도록, 음악 그 자체에 집중하게 만듭니다. 마치 그의 공연이 그러했듯 말이죠.

포레스트 휘태커Forest Whitaker 감독이 연출한 이 영화는 지금은 고인이 된 '휘트니 휴스턴Whitney Houston'이 출연했으며 사운드트랙에도 세 곡이나 참여해 화제를 모았습니다. 사실 이 앨범에는 휘트니 휴스턴뿐만 아니라 '토니 브랙스톤Toni Braxtone'과 '브랜디Brandy', '티엘시TLC', '샤카칸Chaka Khan', '아레사 프랭클린Aretha Franklin', 'SWV' 등 당대 최고의 여성 R&B 보컬리스트가 총출동했습니다. 물론 베이비페이스가 수록곡 전부를 작곡했으며 프로듀서를 맡았고요. 어떻게 이런 라인업이 가능했을까 싶을 정도이죠.

전체적으로 미디움템포 또는 그보다 약간 더 느린 R&B로 가득 찬 이 앨범은 댄서블하면서도 춤을 추고 싶기보다는 듣는 것에 집중하고픈 감성적인 곡들로 채워져 있습니다. 어느 한 곡을 빼놓을 수 없어서 마치 전곡이 타이틀이라고 해도 될 법합니다. 템포의 일관성과 하나의 흐름으로 흘러가는 노랫말, 그리고 테마를 변주한 멜로디의 나열이 아닌 서로 다른 16곡으로 채워진 이 음반은 영화 사운드트랙으로서나 팝 음반으로서나 멋진 앨범입니다.

좋은 선생이 되는 길

길 골드스타인 - Under Rousseau's Moon

어제는 평소보다 조금 일찍 출근했습니다. 교내 스튜디오에서 영화음악과 공연 리허설 등을 상의한 후에 제 연구실로 향했지요. 그런데 평소와는 달리 연구실 책상에 무엇인가 가득 놓여있었습니다. 직접 손으로 쓴 카드며 꽃이었어요. 강의며 라디오 녹음으로 바쁜 저는 '이게 뭐지? 누가 다른 교수님 사무실과 헷갈렸나?' 하고는 다시 하던 일을 했습니다. 그러다 오후 첫 수업 때 학생들이 케이크를 들고 '서프라이즈' 이벤트를 해주자 그제야 깨달았습니다. '아, 오늘이 스승의 날이구나!' 뒤늦게 학생들이 준 편지와 카드를 하나씩 읽으면서 이런저런 생각에 잠겼습니다.

나는 학생들에게 어떤 선생이 되면 좋을까. 아직 부족한 저이기

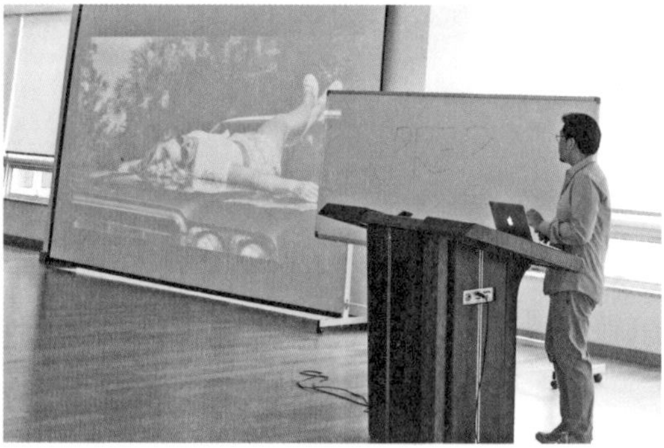

'음악의 이해' 수업 중.

에 종종 스스로 물으며 고민합니다. 그런 생각을 할 때 '이런 선생님이 되었으면 좋겠어' 하고 떠올리는 아티스트가 있습니다. 1950년 미국에서 태어난 피아니스트이자 오케스트레이터, 작곡가인 '길 골드스타인Gil Goldstein'입니다. 오늘은 길 골드스타인의 2006년 앨범 〈Under Rousseau's Moon〉을 소개합니다.

가녀린 서정과 강렬한 모험이 공존하는 그의 음악 세계는 이 앨범에서 더욱 힘을 발휘합니다. 편곡의 모든 세계를 보여주려는듯 내공은 깊고 울림은 감동적이죠. '더 밴드The Band'의 멤버이기도 한 '로비 로버트슨Robbie Robertson'의 곡 'The Moon Struck One'과 베이시스트 '자코 파스토리우스Jaco Pastorius'의 곡 'Liberty City'에 대한 새로운 해석도 신선하고요. 여기에 '지브라 코스트 스팅 트리오Zebra Coast String Trio'의 현악 연주가 더해지면 감동이 배가 됩니다. 언뜻 단순하게 들리지만 음악을 극적으로 이끄는 절묘한 현악의 비브라토는 과연 거장의 손길이구나 싶습니다. 그래미상을 무려 세 차례 수상한 길 골드스타인은 스타 연주자로 꼽히는 트럼피터 크리스 보티의 대표 음반들을 프로듀싱한 것으로 알려져 있습니다. 그래미상 수상과 함께 미국 팝과 재즈신의 신예 스타가 된 에스페란자 스펠딩Esperanza Spalding의 앨범도 길 골드스타인의 프로듀싱과 편곡, 오케스트라로 채워져 있지요. 무엇보다도 길은 뉴욕 대학교에서 저의 모든 학기를 함께해준 담당 지도교수입니다. 그의 음악과 피아노 연주를 대학교 1학년 때 처음 접하고 너무나 좋아한 나머지 언젠가 꼭 그에게 음악을 배우고 싶다고 막연히 생각했습니다. 그런데 정말 영화처럼, 뉴욕 대학교에서 담당 교수와 학생으로 만나게 된 것이지요. 그의 악보와 현장 작업을 같이 보고 듣고 고민을 나눈 시간은 무엇과도 바꿀 수 없는 값진 공부가 되었습니다.

어느 날 그가 몇 번이고 오케스트라 녹음을 실패한 경험을 들려주며 유명 아티스트의 앨범과 악보를 보여주었습니다. 저로서는 길의 실패담이 믿기지 않았지요. 그때 길이 저에게 이런 이야기를 해주었습니다. 학생들이 자신의 개성을 잃지 않고 멋진 아티스트로 성장할 수 있도록 이끌어주는 좋은 선생이 되고 싶다는 저의 간절한 바람을 담아 그의 말을 옮겨봅니다.

"음악을 하는 사람에게 가장 중요한 첫 번째는 누구도 아닌 오직 자신의 귀를 믿는 것. 그리고 새로움과 실험에 대한 실패를 두려워하지 않는 것이야. 만약 실패한다면? 간단해. '아임 소리' 하고 다시 시작하는 거지 뭐. 다시는 일을 할 수 없을지도 모르지. 설령 그 실수로 아무도 나와 일해주지 않을 수도 있고. 하지만 정말로 나쁜 일은 음악을 하는 사람이 자신의 귀를 의심하고 실험을 멈추는 것이야."

노래는 삶을 닮아간다

루시드 폴 - 국경의 밤

서울을 떠나 해운대에 산 지도 꽤 오래되었지만, 지금도 지인들을 만나면 '이곳에 친구는 있냐'는 질문을 받곤 합니다. 물론 이곳 부산에서 제 학창시절 친구들을 편하게 만날 수야 없습니다. 그러나 이제 제게도 많진 않지만 이곳 친구들이 조금씩 늘어갑니다. 어떻게 '서울뜨기'가 '부산싸나이'들을 사귀게 되었느냐고요? 그에 대한 대답으로 음반 하나를 소개할까 합니다. 바로 루시드 폴Lucid Fall의 2007년 앨범 〈국경의 밤〉입니다.

오래전 '푸딩' 앨범의 녹음을 도와주던 엔지니어 한 분이 제게 꼭 만나야 할 친구가 있다며, 그 친구도 브라질 음악에 심취해 있다고 이야기를 건넨 적이 있습니다. 누구인지 이름조차 이야기해주지 않고 말이죠. 그로부터 몇 년 후 방학을 맞아 서울에 잠시 들렀을 때 역시 새 앨범을 위해 잠시 서울에 머물고 있던 그 뮤지션의 소식을 듣게 되었습니다. 그리고 비로소 엔지니어의 소개로 그 뮤지션을 만났습니다. 그가 바로 '루시드 폴'입니다.

동년배인 우리는 만난 지 얼마 되지 않아 무엇이 그렇게 의욕을 넘치게 했는지 의기투합하여 제가 피아노를 연주하고 폴이 노래하는 듀오 편성으로 새 노래를 녹음하게 되었습니다. 그 곡이 앨범 〈국경의 밤〉에 실린 동명의 곡 '국경의 밤'이었습니다. 한동안 음악 활동을 하지 않고 슬럼프에 빠져 있던 제게 그날의 녹음이 선사한 감동은 평생 잊지 못할 여운을 남겼습니다. 이렇게 시작된 인연으로 루시드 폴은 제게 가장 음악적으로 의지하고 소통할 수 있는 친구이자 존경하고 좋아하는 음악을 만드는 아티스트로 자리 잡았습니다.

아이러니하게도 부산에서 자란 루시드 폴은 스위스에서 귀국하여 서울에, 서울에서 자란 저는 뉴욕에서 귀국하여 부산에 머물게 되었지요. 그러던 어느 날 부산에 내려온 그와 송정 바닷가를 산책하고 있었습니다. 그런데 저에게 부산 친구는 많이 생겼느냐며 친구 한 사람을 소개하겠다더군요. 그리고 그날 '국경의 밤' 노랫말의 실제 주인공이자 폴의 고등학교 동창을 만나게 되었습니다. 그 역시 저처럼 해운대 주민이었고 우리는 이 인연으로 친구가 되었습니다. 비록 성인이 되어 만났지만 동네에서 만나 이런저런 얘기와 고민을 나눌 수 있는 소중한 인연이 되었습니다.

덕분에 저의 부산 사투리도 느리지만 조금씩 느는 것 같고요. 새 영화음악 작업에 바빠 동네 친구들과 식사 약속 한 번 제대로 못 지키는 요즘입니다. 조만간 일이 끝나면 미포항 근처 초장집에서 잡어회 넉넉히 마련해서 소주 한잔 사야겠습니다.

너의 어깨에 나의 손을 올리니 쑥스럽게도 시간은 마냥 뒤로 흘러가

시간 없는 곳에서 정지한 널 붙잡고 큰 소리 내지 않으며 얘기하고 있구나.

우린 키가 크지도 않은 수줍고 예민하기까지 한

작고 여린 몸집에 지기 싫어하던 아이들.

너를 떠나기 전에, 고향 떠나기 전에 독서실 문틈 사이로 밀어 넣은 네 결심.

바라보는 것만큼 어쩔 수 없던 우리. 다 같이 무기력했던 우리 고3의 바다.

함께 좋아했던 사람 너는 말하지 못해 마지막까지 숨기다 겨우

한참을 같이 고민하던 그 밤.

앞으로 돌진하는 내 현실.

전투하듯 우리 사는 동안에도 조금도 바뀌지 못한 네 얼굴.

의젓하게 멀리 나를 보러 온

청년이 된, 그러나 내겐 소년인 내 친구, 그대여.

_루시드 폴, '국경의 밤' 가사 (부분)

외계에서 온 멜로디

클라투 - HOPE

학생들의 기말공연을 보며, 제가 어린 시절 좋아하던 댄스 그룹이나 록 밴드의 곡을 연주하는 모습에 신선한 충격을 느꼈습니다. 그러고 보니 그 시절의 저도 당시 유행과는 거리가 먼 앨범을 제법 갖고 있었지요. 오늘 소개할 '클라투Klaatu'와 그들의 대표작으로 손꼽히는 앨범 〈Hope〉도 그중 하나였습니다. 클라투는 1973년 '존 월로슉John Woloschuk'과 '디 롱Dee Long' 두 사람이 결성해 1976년 첫 정규 앨범 〈3:47 EST〉으로 세상에 나온 아트록 밴드입니다. 제가 세상에 태어날 때 클라투도 활동을 시작했고 제가 막상 LP 레코드를 사 모으고 음악에 심취하던 때는 이미 종적을 감춘 후였지요.

'클라투'라는 이름은 1951년 발표된 SF 영화 〈지구 최후의 날The

Day the Earth Stood Still〉에 등장한 외계인의 이름에서 가져온 것이라고 합니다. 과연 이 밴드의 멜로디와 노랫말은 기발한 상상력과 위트로 넘칩니다. 우리가 생각하는 당시의 아트록 혹은 프로그레시브록의 이미지와는 상당히 다르죠. 그들의 대표곡 'Calling Occupants of Interplanetary'는 우리말로 번역하면 '응답하라, 미확인 비행물체'쯤 되는 상당히 재미있는 곡입니다. 그 유명한 팝 듀오 '카펜터스Carpenters'가 리메이크해 화제가 되기도 했습니다.

클라투와 관련된 재미있는 에피소드가 하나 있습니다. 자신들의 어떠한 정보도 공개하지 않은 신비주의 전략과 비틀스와 흡사한 보컬의 하모니가 맞물려 '비틀스가 몰래 돌아왔다'는 루머를 낳은 것이지요. 특히 이들의 음반 다수가 비틀스의 음반을 낸 '캐피틀 레코드Capitol Records'에서 발매되면서 뜬소문과 의혹이 더욱 증폭되었습니다.

이후 그들의 정체가 공개되고 음악적 스타일 또한 달라지면서 팬들에게 적잖이 외면받기도 했습니다. 그러나 그들의 초기작이자 최고의 앨범 〈Hope〉는 아트록 또는 프로그레시브록의 계보에서 빼놓을 수 없는 명반입니다. 변화무쌍한 전개와 뛰어난 구성, 그리고 런던심포니 오케스트라와의 협연이 더해진 웅장함은 클라투만의 음악 세계를 보여주기에 충분합니다. 입안에서 사탕이 터지는 듯 개성 있는 사운드 역시 놓칠 수 없는 묘미이고요.

여성 스타 드러머의 시대

테리 린 캐링턴 - The Mosaic Project

드럼은 우리에게 참 친숙한 악기입니다. 피아노나 현악기와는 달리, 남성들의 화려한 연주가 떠오르기도 하죠. 특히 록 공연장에서는 특유의 강력하고 힘찬 드럼 연주에 짜릿한 쾌감을 느낍니다. 그래서인지 오랫동안 드럼은 남성 연주자들의 전유물로 여겨졌지요. 물론, 지금은 여성 드럼 연주자들이 여러 장르에 걸쳐 늘어나고 있습니다. 그중 몇몇은 스타 드러머의 반열에 올라 있고요. 이 같은 여성 스타 드러머의 시대를 연 장본인이 바로 '테리 린 캐링턴Terri Lyne Carrington'입니다. 오늘은 그녀의 2011년 앨범 〈The Mosaic Project〉를 소개합니다.

테리 린 캐링턴은 1965년 미국 매사추세츠 주의 메드퍼드에서 태어났습니다. 열 살 때 미국의 위대한 트럼펫 연주자인 '클락 테리Clark Terry'와 함께 연주하며 첫 메이저 무대를 성공적으로 마쳤으며, 열한 살의 나이에 버클리 음악대학의 전액 장학생으로 선발될 만큼 유명세가 대단했지요. 그런 그녀가 한국의 음악 팬들에게 널리 알려진 것은 재즈 피아니스트 '허비 핸콕Herbie Hancock'과 함께 공연하면서부터일 것입니다. 재즈를 바탕에 두면서도 R&B와 솔, 펑크, 라틴, 록까지 전 장르에 걸친 그녀의 천재성은 완벽에 가까운 테크닉을 선보입니다. 아티스트들마다 취향이 있을 텐데, 음악 전반에 관한 놀라운 이해와 기술을 선보이는 그녀의 연주는 언제 들어도 감탄을 자아냅니다.

테리 린 캐링턴은 푸디토리움의 2009년 앨범 〈episode: 이별〉의 수록곡 'Viajante'를 비롯해 지금까지 선보인 제 정규 앨범에서 가장 많은 곡을 함께해준 드럼 연주자이기도 합니다. 언제나 드럼 사운드를 첫 순위로 올려두는 저는 어떤 드럼 연주자와 어떤 곡을 녹음할지 가장 고민합니다. 스튜디오에서도 드럼 사운드 조율에 가장 많은 시간과 공을 들이고요. 이런 저에게 테리 린 캐링턴과의 작업은 오래된 고민에 시원한 해답을 안겨준 값진 경험이자 공부였습니다. 그녀와 같이 작업하는 동안 제 눈앞에서 펼쳐진 환상적이고 아름다운 연주는 두말할 것도 없겠지요.

이제 테리 린은 버클리 음악대학에서 교수로 활동하며 프로듀서, 작곡가, 보컬리스트까지 자신의 활동범위를 점차 넓히고 있습니다.

그 다재다능함은 2011년 발표한 〈The Mosaic Project〉 앨범에서 마침내 꽃을 피웁니다. '디 디 브릿지워터Dee Dee Bridgewater', '에스페란자 스폘딩', '카산드라 윌슨Cassandra Wilson' 등 앨범에 참여한 모두가 지금의 재즈신을 이끌어낸 최고의 아티스트들이지요. 그러면서도 각자 백그라운드를 달리 하며 추구하는 음악 또한 현저히 다른 것이 사실입니다. 이들의 개성은 테리 린 캐링턴의 드럼과 프로듀싱을 만나 조율되어 비로소 하나의 음악을 이룹니다. 다양한 오브젝트가 모여 하나의 회화를 이루듯 말입니다. 자신과 오래 음악적으로 교류하고, 그 교류를 통해 성장한 아티스트들과 함께 그들의 숨결을 살려 하나의 그림을 만들어내는 테리 린 캐링턴의 음악적 비전이 놀랍기만 합니다. 이처럼 여성 재즈 올스타들이 참여한 이 앨범은 2012년 그래미상 '베스트 재즈 보컬 앨범' 부문을 수상했습니다.

테리 린 캐링턴
공식 홈페이지

멜로디의 힘

플라비오 벤츄리니 - Luz Viva

여러분은 새로운 음악을 접할 때 가장 먼저 무엇에 집중하시나요? 가사가 먼저 들리는 분도 있고 목소리에 반응하는 분도, 몸이 먼저 리듬을 타는 분도 있겠지요. 이처럼 세대나 취향에 따라 각기 다르겠지만, 일반적으로 음악을 들을 때 가장 먼저 다가오는 것은 역시 '멜로디'인 듯합니다. 친구에게 얼마 전 들은 음악 이야기를 하면서 그 멜로디를 서로 흥얼거리거나, 어떤 노래인지 정확히 기억나지 않아 멜로디를 떠올리며 제목을 찾던 기억이 한두 번은 있지 않던가요.

음악을 만드는 사람인 저에게도 멜로디는 가장 중요한 부분입니다. 그리고 한 장 한 장 앨범을 만들 때마다 그 의미가 점점 더 남다르게 다가옵니다. 좋은 멜로디를 만들 수 있기를 늘 희망하죠. 그러나 요즘은 이런 바람보다 내가 만든 멜로디를 나 스스로 과연 얼마나 이해하고 있었을까 하는 질문을 더 자주 합니다. 이렇게 스스로 되돌아볼 때마다 듣는 음악이 있습니다. 세상에서 가장 아름다운 멜로디를 만드는 아티스트인 '플라비오 벤츄리니Flávio Venturini'의 음악들입니다.

브라질의 싱어송라이터 플라비오 벤츄리니가 1949년생임을 알면 사람들은 고개를 갸우뚱합니다. 먼저, 환갑을 넘은 사람이 맞나 싶을 정도로 곱고 아름다운 음색 때문입니다. 지금 저는 서울로 향하는 기차 안에서 이 글을 쓰고 있습니다. 창밖 가득 눈이 내린 겨울의 아침을 플라비오 벤츄리니는 목소리 하나만으로 이토록 아름답게 만들어줍니다. 신이 내린 목소리라는 표현은 이런 사람을 두고 만든 말이 아닐까요. 그리고 또 한 가지 놀라움은 그의 음악이 브라질 음악 하면 떠오르는 보사노바Bossa Nova나 삼바Samba와는 다르게 들린다는 것이죠. 오히려 미국과 유럽의 팝에 더 가깝습니다.

그 이유는 플라비오 벤츄리니가 엠페베MPB의 대표적 아티스트이기 때문입니다. 엠페베는 '무지카 파풀라 브라질레이라Musica Popular Brasileira'의 줄임말입니다. 우리가 가요를 케이팝이라고 부르듯, 브라질의 현대 대중음악을 가리키는 단어이지요. 브라질의 팝 음악은 보사노바와 삼바를 근간으로 하지만 거장 엠페베 아티스트들이 대거 등장하면서 이제는 일종의 경향으로, 그리고 그들의 음악 자체로 하나의 커다란 신scene을 만들어냈습니다.

오늘 소개할 음반은 플라비오 벤츄리니의 주옥같은 앨범들 중에서도 〈Luz Viva〉입니다. 그의 대표곡 'Céu de Santo Amaro(산투 아마루의 하늘)'이 수록되어 있지요. 바흐의 음악에 노랫말을 붙인 이 곡은 또 다른 엠페베의 거장 '카에타노 벨로주Caetano Veloso'의 노래로도 유명하지만, 저는 플라비오 벤츄리니의 음성을 더 좋아합니다. 금방이라도 눈물이 떨어질 듯 마음을 어루만지는 'Aquela Estrela', 이보다 사람을 행복하게 하는 멜로디가 있을까 싶은 'De Sombra E Sol'도 수록되어 있고요. 아직 한겨울의 추위가 좀처럼 가시지 않았지만 이 앨범과 함께 봄을 기다려볼까요. 아직은 좀 이르다고요? 그의 음악들이라면 충분히 봄을 꿈꾸어볼 만합니다. 그것이 바로 멜로디의 힘이니까요.

플라비오 벤츄리니
공식 홈페이지

크리스마스에는

헨리 맨시니 - Music from Mr. Lucky

어린 시절, 모두 잠든 틈을 타 산타클로스 할아버지가 머리맡에 놓고 간 선물의 기억은 지금도 참 생생합니다. 산타클로스 할아버지의 정체가 결국 부모님의 하얀 거짓말이라는 것을 알아버린 후에도 말이죠. 이 환상이 깨진 이후로도 크리스마스는 여전히 마음을 설레게 합니다. 여러분은 크리스마스 하면 어떤 것들이 떠오르시나요?

크리스마스트리 혹은 연인들이 준비하는 선물도 있겠지요. 출근길이 조금 걱정되지만 화이트 크리스마스를 고대하는 사람도 있고요. 저는 크리스마스 캐럴이 가장 먼저 떠오릅니다. 커피를 좋아하는 편이 아니지만 이맘때는 울려 퍼지는 크리스마스 음악을 들으며 카페 창가자리에 앉아 커피를 마실 정도입니다. 다시 생각해봐도 역시 크리스마스는 음악입니다! 오늘은 제가 가장 좋아하는 크리스마스 음악을 소개합니다. 바로 '헨리 맨시니Henry Mancini'의 앨범들입니다.

1924년 미국 클리블랜드에서 태어나 1994년에 생을 마감한 헨리 맨시니는 지금의 우리에게는 친숙하지 않은 이름일 수 있습니다. 그러나 음악사에서 빼놓을 수 없는 지휘자이자 작곡가입니다. 오드리 헵번이 출연한 영화 〈티파니에서 아침을The Breakfast at Tiffany〉은 굳이 어르신이 아니더라도 한두 장면 알고 계시겠지요. 바로 이 영화음악의 작곡가가 헨리 맨시니입니다. 그리고 이 영화의 빼놓을 수 없는 불후의 명곡 '문리버Moon River' 역시 그의 작품입니다. 오손 웰즈와 같은 초기 영화사를 장식한 거장들의 작품에서 그의 음악이 흐르고 있지요. 고전 재즈 레퍼토리로도 유명한 영화 〈술과 장미의 나날Days of Wine and Roses〉의 동명의 주제곡도 헨리 멘시니의 작품입니다.

줄리어드 음대를 거쳐 글렌 밀러 오케스트라에서 활동한 경력 때문인지 그의 음악은 클래식 오케스트라의 웅장한 선율과 재즈 오케스트라의 흥겨움을 함께 지니고 있습니다. 무엇보다 그 멜로디가 무척이나 낭만적이지요. 세월이 지나도, 그 시대를 같이하지 않았더라도 음악과 영화를 사랑하는 이들에게조차 헨리 맨시니의 음악이 따듯한 향수를 불러 일으킨다는 것은 참 놀라운 일입니다.

그의 음악을 듣노라면 오래전 영화 〈멋진 하루〉의 음악감독을 맡아 사운드트랙을 준비하던 기억이 떠오릅니다. 당시 버클리 음대에 재학 중이던 저는 옛 재즈를 재현해보자는 목표로 그해의 수업을 전공 대신 이 시대의 음악에 대한 수업으로 모두 바꾼 적이 있습니다. 시간이 날 때마다 보스턴의 오래된 음반가게와 서점을 분주히 오가며 헨리 맨시니의 음반과 악보들을 수집하던 기억도 납니다. 그 음악을 들으며 맞이하던 크리스마스의 아침과 보스턴 풍경도요. 오늘은 헨리 맨시니의 음악을 들으며 기분 한번 내볼까요.

그래도, 크리스마스잖아요.

헨리 맨시니
공식 홈페이지에서 음악 듣기

공연장에서의 자유로움이란 무엇일까요.

자유롭고 상쾌하게

킹스 오브 컨비니언스 - Quiet is the New loud

뮤지션이라면 가장 많이 받는 질문 중 하나가 "가장 좋아하는 뮤지션은 누구인가요?"가 아닐까요. 저 역시도 마찬가지입니다. 여러분도 한번쯤 이런 질문을 묻거나 받아본 적이 있지 않으신가요? 이런 질문을 받았을 때 주저 없이 대답하는 아티스트가 있습니다. 바로 '에를렌 외위에Erlend Øye'와 '에이리크 글람베크 뵈에Eirik Glambek Bøe'가 결성한 노르웨이의 듀오 '킹스 오브 컨비니언스Kings of Convenience'입니다.

몇 년 전 맨해튼에 위치한 웹스터 홀Webster hall에서 이들의 공연을 보았습니다. 웹스터 홀은 공연장이자 클럽과 파티를 위한 복합 공간입니다. 처음 이 공연장을 찾았을 때 좌석이 없는 박스 형태에 높은 천장이 상당히 인상 깊었습니다. 그리고 이곳에서 킹스 오브 컨비니언스의 공연이 열린다는 소식을 듣고 무척 의아했습니다. 왜냐하면 웹스터 홀은 북유럽 일렉트로니카 뮤지션들의 댄서블한 공연들이 주를 이루는 곳이었기 때문이었지요. 킹스 오브 컨비니언스의 조용한 음악이 이곳에서 어떻게 연주될까, 몹시 궁금했습니다. 더 놀라운 것은 이들이 업라이트 피아노 한 대와 기타, 이렇게 단 두 가지 악기와 함께 단둘이 무대에 올랐다는 사실입니다. 공연은 다른 세션 연주자들과의 협연 없이 앨범보다 오히려 더 조용하게 시작되어 조용하게 끝났지요. 가장 놀라운 것은 어떠한 공연에서보다 자유롭고 상쾌했던 바로 저 자신이었습니다.

관객들은 서서 혹은 앉아서 때로는 벽에 기대어 음악을 즐기고, 소파에서 친구들끼리 삼삼오오 둘러앉아 그들의 음악을 즐기며 이야기를 나누었습니다. 어떤 이들은 손에 칵테일이나 음료를 들고 스테이지 주위에서 느리게 춤을 추기도 했지요. 이런 다양한 행위들은 모두 공연과 썩 어울렸고, 누구의 관람도 방해하지 않았습니다. 서로 다른 모습으로 그들의 음악을 향해 집중하고 있었던 것입니다. 그때 그 공간의 상쾌함과 자유로움은 지금도 잊을 수 없습니다. 당시 푸디토리움의 앨범을 막 시작하고 좌석이 없는 공연을 준비 중이던 때라 더욱 그랬을 것입니다. 주위의 우려 속에서 공연 준비를 하고 있던 저에게 킹스 오브 컨비니언스 공연은 정말이지 힘이 되어주었습니다.

우리가 공연장에서 만나는 자유로움이란 무엇일까요. 일어나서 밴드와 뮤지션의 음악에 맞추어 격정적인 몸짓과 환호로 함께하는 것, "자 이제 놀아봅시다. 뛰어주세요! 준비되었나요?" 하는 멘트에 맞추어 '놀아보는' 것도 해당되겠지요. 하지만 어쩌면 관객 저마다가 즐기고 싶은 형태로 공연을 보는 것이야말로 진정한 자유로움일 것입니다. 공연장에서 일어설 수 있는 자유가 중요한 만큼 앉아 있을 자유 또한 소중하니까요. 모두가 객석에서 일어서기를 강요당한다면, 그것은 행위의 형태만 다를 뿐 모두 앉아 있으라는 강요와 다를 바 없습니다. 그러고 보면 음악이 조용하든 흥겹든, 그것은 중요하지 않습니다. 음악 소리가 아무리 크고 강력하더라도 관객의 마음과 집중만큼 크고 강력한 것은 없을 테니까요.

음악을 하는 사람으로서 한 가지 바람이 있습니다. 훗날 누군가가 자신이 가장 자유로울 수 있었던 공연이 바로 푸디토리움의 공연이었다고 기억해주는 것입니다. 그날 맨해튼 웹스터 홀에서의 저처럼 말이죠. 오늘은 킹스 오브 컨비니언스의 첫 앨범을 같이 들으며 마무리해보려 합니다. 〈Quiet is the New loud〉. 오늘따라 유난히 마음에 와 닿는 앨범 제목이네요.

피아노가 하는 말

더스틴 오할로란 - Lumiere

요즘 저는 피아노 녹음을 앞두고 88개의 건반 앞에 앉아 '어떻게 피아노를 연주하는 것이 좋은 방법일까?' 고민하고 있습니다. 흔히 말하는 좋은 피아노 소리는 무엇일까요? 아마 공간의 울림이나 현의 길이가 피아노 소리에 영향을 주겠지요. 연주자나 조율사의 취향에 따라서도 달라질 것이고요. 녹음이라면 어떤 마이크를 사용하고 마이크를 어디에 두느냐에 따라서도 달라지겠지요. 이처럼 피아노라는 악기의 소리에는 변수가 셀 수 없이 많습니다. 그러면 고가의 피아노를, 최적의 울림을 가진 장소에서, 좋은 마이크로 녹음하면 훌륭한 소리를 얻을 수 있지 않겠느냐고요? 조금 불행한 사실인지 모르겠지만 그렇습니다. 우리가 말하는 이른바 '좋은 소리'를 얻

게 됩니다. 더 정확히 말하자면 좋은 결과물을 얻을 확률이 높아지겠지요. 하지만 정말 이것이 좋은 소리의 전부일까요?

우리가 즐겨 보는 드라마나 할리우드 영화음악의 피아노 소리를 잠시 헤드폰으로 집중해 들어보면 누구나 느낄 수 있는 것이 하나 있습니다. 바로 곡마다 또는 장면마다 피아노 소리가 다르다는 것입니다. (정말 전문가가 아니라도 알 수 있느냐고요? 물론입니다.)

정확히 말하면 음색의 차이가 아니라 피아노로 표현할 수 있는 영역과 녹음 방식에 대한 아이디어들이 다른 것이라고 해야겠습니다. 어떤 음악에서는 순수한 피아노 울림 외에 다른 소리를 섞어 넣기도 합니다. 건반의 해머가 현을 타격하는 부분의 소리를 집중적으로 녹음해 피아노에 타악기의 느낌을 불어넣기도 하지요. 의도적으로 조율이 흐트러진 피아노를 쓰기도 합니다. 최근 개봉한 영화 〈그녀Her〉의 피아노 연주처럼요. 또 어떤 장면에서는 일부러 마이크를 멀리 배치해 소리를 아득하게 만듭니다.

오늘 소개하는 피아니스트이자 작곡가 '더스틴 오할로란Dustin O'-Halloran'의 2011년 정규 앨범 〈Lumiere〉와 그가 발표해온 사운드트랙 앨범들이 이러한 예를 잘 보여줍니다. 하나의 작품 안에서 피아노 소리가 선사하는 다양한 개성과 역할은 물론, 때로 그것이 오케스트라보다 단단하게 여백을 채우는 과정을 그의 음악은 들려주고 있습니다. 어쩌면 정말 좋은 피아노 소리는 좋은 악기와 훌륭한 녹음 시설에 있는 것이 아닌지도 모릅니다. 그 소리는 음악을 만드는 아티스트의 귀와 머릿속에 그리고 그 음악을 듣는 여러분의 마음에 이미 자리 잡고 있던 것이지요.

더스틴 오할로란
공식 홈페이지

젊은 아티스트를 위하여

히사이시 조 -이웃집 토토로 사운드트랙

제가 맡은 수업 중 '영화음악의 이해'라는 과목이 있습니다. 저는 종종 첫 시간에 좋아하는 영화음악가가 누구인지 묻곤 하는데요. 그러면 학생들은 존 윌리엄스, 한스 짐머, 엔니오 모리코네, 히사이시 조 등의 이름을 대답하고는 합니다. 제가 대학 시절 좋아하고 흠모하던 영화음악가를 지금의 학생들도 여전히 손꼽는 것을 보면 변치 않는 그들의 음악에 한 번 더 감탄하게 됩니다. 그러면서도 우리는 요즘 즐겨 보는 영화의 음악가들에 대해서 어째서 잘 알지 못할까 하는 의문도 생깁니다. 그럼에도 한 가지 확실한 것이 있습니다. 위대한 영화음악가들이 만든 음악이 세대를 넘어 사랑받고 관객의 추억 속에 자리 잡고 있다는 사실이지요. 그것이 아티스트로서의 보람일 것입니다.

그런데 얼마 전, 한 시사프로그램에서 국내의 상당수 영화와 드라마 음악 회사에서 '유령 작곡가'를 고용하는 현실을 고발했습니다. 회사 또는 유명 음악감독이 무명 뮤지션의 노고로 창작물을 얻거나, 이들의 권리와 성과를 철저히 무시한 채 회사 대표의 이름이 타이틀을 차지하고 있다는 것이었습니다. 이들의 성과나 일에 대한 보상이 얼마나 부당하고 옳지 않은가 하는 문제를 다른 분야의 삶을 사는 모두가 공감하고 이해하기는 쉽지 않겠지요. 우리 각자의 삶부터가 너무나 바쁘니까요. 하지만 확실한 건 상당수의 음악감독이 음악에 전혀 관여하지 않은 채 타이틀을 갖고 있다면, 그들은 적어도 음악감독이란 이름을 가져서는 안 된다는 것입니다. 왜냐하면 우리가 생각하는 영화음악가란 앞에서 이야기했듯 세대가 바뀌어도 여전히 그 곡을 만든 아티스트로 남기 때문입니다.

우리가 문화를 영위할 때 과정보다 결과에 의의를 두는 것은 사실입니다. 과정의 중요성을 하찮게 보거나 불거진 문제에 동의하지 않는다기보다는 단지 그럴 겨를이 없기 때문이지요. 하지만 그렇다 하더라도 자신의 삶이 깨어 있길 바라는 우리가 우리 이웃에서 일어나는 일들을 암묵적으로 동의하거나 모르고 있다는 것이 안타까웠습니다.

오늘은 어린 시절 저에게 영화음악가를 꿈꾸게 한 음반을 소개합니다. 바로 1988년 히사이시 조가 음악을 맡고 미야자키 하야오

가 연출한 애니메이션 〈이웃집 토토로となりのトトロ〉입니다. 적어도 영화와 음악만큼은, 우리를 항상 꿈꾸게 할 수 있어야 하지 않을까요. 우리의 삶이 여전히 힘들고 버겁더라도요.

위로가 필요할 때

글렌 메데이로스 - Not Me

우리 대중가요에서 시대를 초월해 가장 사랑받는 장르는 무엇일까요. 저는 '발라드Ballad'를 곧바로 떠올렸습니다. 별다른 설명 없이도 저마다 떠오르는 발라드가 한 곡씩 있을 정도로 보편적 정서를 가진 친숙한 장르이지요. 그런데 한때의 일이지만 '팝 발라드Pop Ballad'라는 말이 발라드보다 더 익숙했던 때가 있습니다. 1980년대에 라디오 등에서 널리 쓰이던, 주로 해외 발라드를 지칭하던 말입니다.

1980년대의 '팝 키드'들이 대부분 그렇겠지만 제게도 발라드보다 팝 발라드라는 말이 더 친근합니다. 그중에서도 '글렌 메데이로스Glenn Medeiros'의 1988년 앨범 〈Not Me〉는 팝 발라드를 대표하는 소중한 앨범이지요. 중학교 때 산 LP 레코드를 지금도 소중히 간직하고 있을 정도로요.

하와이 출신의 글렌 메데이로스는 소위 '꽃미남' 발라드 가수의 원조라 할 수 있습니다. 지금의 아이돌 가수들과 비교하면 거리가 있는 이야기이지만 정말 그런 시절이 있었습니다.

〈Not Me〉가 저에게 각별한 이유는 제가 손꼽는 최고의 팝 발라드 'Friend You Give Me a Reason'이 수록되어 있기 때문입니다. 프랑스의 여성 가수 '엘사Elsa'와 영어와 프랑스어로(프랑스어 제목은 'Un Roman d'Amitié'입니다) 함께 부른 노래이지요. 청아하고 아름다운 엘사의 음성은 지금까지 그 존재 자체가 불가사의하게 느껴질 정도로 매력적입니다.

고백하자면, '푸디토리움'의 첫 앨범 〈episode: 이별〉과 두 번째 앨범 〈episode: 재회〉에 빠지지 않고 등장하는 프렌치 혼성 듀오곡 또한 바로 이 노래에서 비롯되었습니다. 발라드라는 장르 그리고 대화를 나누듯 이어지는 남녀의 목소리가 선사하는 감동을 제 가슴속 깊이 심어준 음악이지요.

이 앨범에는 이 외에도 'I Don't Want to Lose Your Love'를 비롯해 'Long and Lasting Love'와 같은 주옥같은 발라드 넘버들이 마음을 흔들어놓습니다. 글을 쓰면서 다시 한 번 이 음반을 들으니 저도 모르게 몸에 전율이 입니다. 그야말로 '감성표 발라드'의 시작이자 정석이라 할 수 있겠지요.

요즘 주말마다 부산 중앙동을 산책하고 있습니다. 해운대와 더불어 제가 부산에서 가장 좋아하는 동네입니다. 거리를 걷다 보면 잠시 잊고 있었던 1980년대의 감성들이 되살아납니다. 그럴 때 글렌 메데이로스의 이 앨범을 처음부터 끝까지 들으면 얼마나 행복한지요. 중앙동 풍경과 함께하는 글렌 메데이로스의 위로가 저에게, 그리고 이 글을 읽는 여러분께 휴식과 위안이 되어줄 것입니다.

거실에서 연주하다

올라퍼 아르날즈 - Living Room Songs

그러고 보니, 오랫동안 여행을 가지 않았습니다. 아직은 막연하지만 다음 여행을 떠난다면 북유럽으로 가고 싶습니다. 북유럽에 호기심을 갖게 된 것은 8년 전인 2006년, '오기가미 나오코' 감독의 영화 〈카모메 식당かもめ食堂〉을 보고 나서부터였습니다. 영화의 배경인 핀란드에 대한 호기심이 꼬리에 꼬리를 물었습니다. 처음에는 영화에서 시작된 관심이지만 이 지역의 음악과 로컬 뮤지션들로 이어졌고 지금은 가구와 접시에도 흥미가 생겼습니다. 만일 지금 당장 북유럽으로 떠날 수 있다면 가구와 접시 가게를 둘러보느라 시간을 보내지 않을까 걱정도 되고요.

오늘 소개할 아티스트 '올라퍼 아르날즈Ólafur Arnalds'의 음악을 들을 때면 북유럽을 향한 갈망이 더욱 커지곤 합니다. 아이슬란드의 뮤지션 올라퍼 아르날즈는 상당히 다양한 수식어로 소개되곤 합니다. 피아니스트이자 작곡가, 프로듀서, 때로는 멀티 인스트루먼탈리스트로도 불리지요.

북유럽 여행을 꿈꿀 때마다 아이슬란드를 생각하고 그의 음악을 떠올립니다. 올라퍼 아르날즈의 음악은 듣는 이로 하여금 온전히 집중하게 만드는 힘이 있습니다. 고요하다 못해 명상적으로 느껴질 정도의 차분함과 특유의 에너지가 특히 매력적이지요. 일렉트로닉과 컨템퍼러리 클래식, 포스트록 등의 요소로 그의 음악을 설명할 수 있을까요. 마치 춥고 어두운 하늘과 따듯한 햇살이 공존하듯 펼쳐지며 가슴 한구석이 천천히 부푸는 듯한 충만함을 선사합니다.

그의 디스코그래피 중에서도 2011년 앨범 〈Living Room Songs〉를 최고로 꼽고 싶습니다. 모두 일곱 곡이 수록된 이 앨범은 피아노와 현의 앙상블, 일렉트로닉 라이브로, 스튜디오가 아닌 그의 집에서 녹음되었습니다.

2011년 10월 3일 월요일부터 하루에 한 곡씩, 그의 홈페이지를 통해 이레 동안 일곱 곡의 음악과 비디오가 공개되었지요. 그리고 이 녹음과 영상을 모아 한 장의 앨범으로 낸 것이 〈Living Room Songs〉입니다.

앨범 자체로도 훌륭하지만, 그가 기록한 하루하루의 음악과 짧은 글, 그리고 그의 집에 초대된 소수의 관객과 녹음을 끝내는 마지막

날의 영상이 상당히 인상적입니다. 거실에서 친한 친구들과 음악을 듣는 듯, 차분하지만 진한 여정을 여러분과 함께 떠나봅니다.

올라퍼 아르날즈
공식 홈페이지에서 미리 듣기

뉴욕 대학교와 소호 거리.

어제를 담은 오늘의 뉴욕

바우몬트 - Euphorian Age

뉴욕에 와서 함께 녹음한 친구들을 만나고, 새 스튜디오도 둘러보았습니다. 짧지 않은 일정이라고 생각했는데 시간이 쏜살같이 지나갔네요. 뉴욕에서 만나고 싶은 사람이 많고도 많았지만, 그중에서도 '제러미 루카스Jeremy Loucas'라는 친구를 보고 싶었습니다. '푸디토리움' 앨범이 워낙 긴 시간 녹음된 터라 엔지니어 친구들에게 많은 도움을 받았는데요, 특히 제러미와는 2집 믹스 작업을 하며 몇 달을 같이 살다시피 했지요.

그는 스튜디오가 아닌, 뉴욕 대학교 근처의 복층 원룸에서 자신이 직접 모아온 장비들로 작업하고 있었습니다. 매일 아침 일어나 지하철을 타고 그의 집으로 향했습니다. 얼음을 가득 넣은 트리플

에스프레소를 들고 초인종을 누르면 제러미는 '다크서클이 무릎까지 내려온' 얼굴로 귀마개를 한 채 웃으며 문을 열어주곤 했죠. 저 역시 음악 소리가 그릇에 이가 부딪히는 소리로 들릴 정도로 피곤이 누적되어 있었습니다. 그럴 때면 제러미의 아내 솔리가 함께 모니터를 해주며, 스피커 앞에 셋이 모여 앉아 의견을 나누었습니다. 푸디토리움 두 번째 앨범 〈episode: 재회〉의 믹스 작업은 마치 동아리 모임을 하듯 친구의 집에서 진행되었습니다.

다행히 몇 달간의 믹스는 만족스럽게 마무리되었고 저는 비로소 귀국길에 올랐습니다. 그리고 다시 뉴욕 땅을 밟자마자 가장 먼저 그에게 연락했지요. 우리는 3년 만에 브루클린에서 다시 만났습니다. 제러미는 그사이 몇 개의 그래미상 수상 앨범의 엔지니어가 되어 있었고, 예술가와 작가들이 입주한 공동 스튜디오로 작업실을 옮겨 파리와 런던, 뉴욕에서 작업을 이어가고 있었습니다. 여전히 빈티지 녹음 장비가 가득한 그의 방 안에는 옛 아날로그 건반들도 눈에 띄게 늘어났더군요. 저와 한창 작업을 하고 있을 때 그가 브루클린에서 밴드를 시작했다며 녹음 장비를 들고 맨해튼과 브루클린을 분주히 오가던 기억이 납니다. 그는 밴드 활동으로 건반이 더 늘었다며 작업 중인 음악을 들려주었습니다. 제러미는 밴드에서 프로듀서이자 엔지니어, 일렉트로닉 퍼포먼스, 키보드를 맡고 있습니다. 그가 들려준 음악은 3년 전 들었던 음악과는 깜짝 놀랄 만큼 달라져 있었습니다.

'바우몬트Bowmont'는 보컬인 '데니시Danish'와 프로듀서이자 키보드를 맡은 제러미, '에밀Emil Bovbjerg'이 가세한 3인조 스튜디오 프로젝트 그룹입니다. 감성적인 멜로디와 실험적 사운드 질감이 적절히 균형을 맞춘 멋진 음악들을 선보이고 있지요. 오늘 음반가게에서는 이들의 2013년 EP 〈Euphorian Age〉를 소개합니다. 수록곡 중 첫 번째 트랙인 'Ruphmiup'에서 제가 지금껏 접한 중에서도 가장 훌륭한 드럼 사운드를 들었습니다. 듣자마자 "바로 이 소리야!" 하며 저도 모르게 탄성을 질렀으니까요. 얼터너티브를 기반으로 아날로스 신스synth와 테크노가 어울린 바우몬트의 음악은 사운드와 엔지니어링의 창의성이 매우 돋보입니다. 그것이 멜로디와 어울릴 때의 위력 또한 대단하고요. 오랫동안 곁에서 지켜보았기에 그 열정과 실험의 시간이 제게도 울컥 다가오는 듯했습니다. 앞으로도 계속될 바우몬트의 음악적 실험을 행복한 마음으로 기대해봅니다.

앨범 미리 듣기

이상적인 연주자의 모습

구본암 - Bittersweet

팝이나 가요를 듣다가 "이 곡은 특히 피아노 연주가 훌륭해", "기타 소리가 참 듣기 좋다" 하고 이야기하는 때가 있지요. 하지만 베이스라는 악기에 대해서만큼은 "이 곡은 베이스 소리가 돋보인다" 하고 이야기해본 적이 드뭅니다. 아마도 베이스가 음악의 전면에서 들리지 않기 때문이겠지요. 그럼에도 베이스는 음악의 뼈대를 만드는 가장 근본적인 악기입니다. 리듬과 멜로디를 모두 훌륭히 소화할 수 있는 악기이기도 하지요. 특히나 대중음악에 있어 베이스는 참으로 중요합니다.

그렇다면 베이스 연주자들의 솔로 앨범은 어떨까요? 오늘은 국내 베이스 연주자 '구본암'의 2014년 앨범 〈Bittersweet〉을 소개합니다. 베이스 연주는 물론 작곡 및 편곡, 프로듀서까지 모든 역할을 담당한 구본암의 역량이 빛을 발하는 앨범입니다. 특히 악기와 그 악기의 연주자가 어떻게 음악을 들려주어야 하는지 힘 있게 호소하고 있지요.

뉴욕에서 '푸디토리움'의 두 번째 앨범을 마무리하고 귀국을 준비할 때의 일입니다. 국내 공연을 위한 라이브 세트를 마련하던 중이었죠. 앨범의 모든 곡이 새롭게 편곡되어야 하는 데다 형태나 장소 또한 낯설었지요. 저만의 계획을 이해해주고 함께해나갈 동료가 필요했습니다. 앨범을 녹음할 때처럼 오랫동안 연주자들을 수소문했고 자료도 찾아보았습니다. 그러던 중 우연히 접한 구본암의 연주는 저를 깜짝 놀라게 했어요. "서울에 이런 베이시스트가 있었단 말이야?" 하고 저도 모르게 외쳤을 정도였으니까요.

사실, 음악의 에너지를 하나로 모으는 데 테크닉이나 기술이 항상 도움이 되는 것은 아닙니다. 빼어난 테크닉으로 잘 알려진 연주자나 솔로이스트와 함께하는 공연이 아이러니하게도 음악을 망치는 경우도 꽤 많습니다. 그러나 구본암의 연주를 처음 듣는 순간, 이 사람이라면 화려한 연주를 들려주면서도 내 음악을 포용해주리라는 확신이 생겼습니다. 당장 뉴욕에서 서울로 전화를 걸어 그를 수소문했고 한동안 활동을 쉬고 있었던 그와 비로소 연락이 닿았습니다.

같이 공연하면서는 어떠했느냐고요? 그 질문에 대한 대답이 바로 이 앨범 〈Bittersweet〉이 아닐까 합니다. 고백하건대 평소에 제가 그리는 이상적인 연주자의 모습과 음악이 있습니다. 요즘 말로 혼자만의 '로망'이나 '팬심' 같은 것이지요. 연주와 앨범을 비롯한 구본암의 행보는 제가 그리는 가장 이상적인 연주자의 모습 그대로입니다. 그의 연주를 동시대에 접할 수 있다는 사실이 축복처럼 느껴집니다.

봄의 멜로디

싱쿠 아 세쿠 - Ao Vivo no Auditório Ibirapuera

어떤 분야에 출중한 사람들이 모여 보기 드물게 그룹을 형성할 때 우리는 TV 프로그램 제목처럼 '드림팀'이라고 부릅니다. 대중음악에서도 이제 팀 작업이 흔해졌습니다. 개인으로 활동하는 보컬리스트와 연주자가 팀을 이루기도 하고, 능력 있는 작곡가들이 모여 팀을 이루기도 합니다. 저도 오늘 드림팀을 하나 소개하려고 합니다. 바로 브라질 출신의 싱어송라이터들이 모인 '싱쿠 아 세쿠5 a Seco'입니다. 오늘날 브라질리안 팝의 아름다움을 선사하는 팀입니다.

'푸디토리움' 두 번째 앨범에서 함께한 보컬리스트 '페드로 알테리오Pedro Altério'를 비롯하여 '비니시우스 칼데로니Vinicius Calderoni',

'레오 비안치니Leo Bianchini', '페드로 비아포라Pedro Viáfora', '투 브랑디오레네Tó Brandileone' 이렇게 모인 다섯 뮤지션은 훌륭한 보컬리스트이자 연주자인 동시에 프로듀서입니다. 심지어 뛰어난 작곡가들이지요. 이런 이들이 모여 만들어내는 멜로디와 연주, 화음은 봄날의 포근한 바람을 떠올리게 합니다. 이들의 라이브를 인터넷에서 처음 접하고 탄성을 지르기도 했지요. 푸디토리움 앨범을 작업하면서 '파비오 카도레', '루이즈 리베이루Luiz Ribeiro', '페드로 알테리오' 등 평소 존경해온 브라질 아티스트들과 함께할 기회를 얻었습니다. 그리고 만족스럽게 작업을 마치고는 언젠가 꼭 같이 작업하고 싶은 아티스트를 손에 꼽아보기도 했지요. 그런데 믿기지 않게도 바로 그 아티스트들이 한 자리에 모여 팀을 만듭니다. 바로 '싱쿠 아 세쿠'입니다.

싱쿠 아 세쿠의 2007년 라이브 앨범 〈Ao Vivo No Auditório Ibirapuera〉는 그들의 음악 세계를 가장 확연하게 보여주는 앨범입니다. 그중에서도 세 번째 트랙인 'Em Paz'는 제가 사랑하는 수록곡입니다. '라틴 그래미상Latin Grammy Award'에 두 차례 노미네이트된 '마리아 가두Maria Gadú'와 함께한 이 곡은 듣는 순간 고민과 걱정이 사라져버리는, 행복으로 가득한 곡입니다. 아침 해운대를 산책할 때면 저는 이 곡을 무한 반복해 듣습니다. 봄날의 바다와 그 내음에 이보다 어울리는 곡이 또 있을까요. 언젠가 푸디토리움의 앨범에서도 그들의 아름다운 멜로디가 함께하기를 꿈꾸어봅니다.

혼자 듣는 음악

니르 펠더 - Golden Age

〈심야식당〉이라는 일본 드라마를 본 적이 있으신지요. 추억의 음식을 정성스럽게 담아내는 식당에서 벌어지는 이야기로, 입소문을 타고 국내 드라마로 리메이크되기도 했지요. 저 역시 서울에서 늦게 일이 끝나면 조촐한 밥에 술 한 잔이 그리울 때가 있습니다. '정말로 이런 식당이 있었으면 좋겠다' 하고 생각도 해봅니다. 그런데 '실제로 이런 식당이 있다면 내가 즐겨 찾을까?' 하고 자문해보니 제 대답은 '아니오'였습니다. 각자의 사연을 주인장이나 다른 손님과 나누는 분위기가 제게는 불편하게 느껴졌기 때문입니다. 심야에 일을 마치고 혼자 식당을 찾는 사람들에게 말벗과 관심이 언제나 위안이 되는 것은 아닐 수도 있으니까요. 혼자 오롯이 누구에게도 방해받지 않고 식사를 즐길 때 더 위안을 얻는 저 같은 사람도 분명 있을 것입니다.

음악도 마찬가지입니다. 여러 사람과 함께 들을 때 좋은 음악이 있는 반면, 혼자만의 시간 속에서 빛을 발하는 음악이 있습니다. '음악은 역시 라이브가 제맛이지'라는 말에도 저는 완전히 수긍하진 않습니다. 친구들과 삼삼오오 환호하며 만나고 싶은 뮤지션이 있는 반면, 잘 다듬어진 레코딩으로 귀 기울여 듣고 싶은 뮤지션도 있기 때문입니다.

오늘 소개할 '니르 펠더Nir Felder'의 2014년 데뷔 앨범 〈Golden Age〉는 제게 후자의 음악입니다. 다른 사람들과 함께 음반을 듣고 라이브를 즐기는 대신, 그가 만든 정제된 레코딩에 홀로 집중하고 싶은 음반이지요. 그럴 때 비로소 이 뮤지션이 펼쳐놓는 이야기들이 마음까지 전달되는 듯합니다.

니르 펠더는 뉴욕을 중심으로 활동하는, 촉망받는 신예 기타리스트이자 작곡가입니다. 그의 음악적 근본이 재즈에 바탕을 두고 있기에 흔히 재즈 기타리스트로 불리지만, 단순히 재즈로 묶기에 그의 음악은 너무나 자유롭고 다채롭습니다. 특히 앨범의 첫 트랙인 'Lights'는 언제 들어도 질리지 않는 넘버입니다. 얼터너티브록 그룹 '스매싱 펌킨스The Smashing Pumpkins'의 히트곡 '1979'가 연상될 만큼 격렬하면서도 여유로운 록 리듬이 신선합니다.

'Thank you very much!'라는 내레이션으로 시작하는 이 노래는 추상화처럼 흩어지는 내레이션과 니르 펠더의 몽롱한 기타가 더해져 조용한 사색의 시간을 만들어줍니다. 기타로 연주하는 재즈가 이럴 수도 있구나, 하는 감탄과 함께 고정관념이 무색해집니다. 이어지는 두 번째 트랙 'Bandits' 역시 록과 재즈를 넘나들며 니르 펠더만의 서정적인 자유로움을 전하지요.

니르 펠더
공식 홈페이지

결국은 소통의 문제다

유투 - No Line on the Horizon

국내에도 빈야드Vinyard 타입의 클래식 콘서트홀이 생긴다는 반가운 신문 기사를 접했습니다. 일반적인 클래식 공연장은 일명 슈박스Shoebox타입으로 불립니다. 예술의 전당을 비롯해 국내에 있는 모든 클래식 콘서트홀이 바로 이 슈박스 형태입니다. 무대가 전면에 있고 그 무대를 바라보는 객석이 있지요. 관객석과 무대 사이에 어느 정도의 거리가 유지됩니다.

그러나 포도원, 포도밭이라는 의미를 가진 빈야드는 청중들이 오케스트라를 둥그렇게 감싸 안는 형태입니다. 관객들이 360도로 둘러앉은 한가운데에서 연주가 펼쳐지는 것이죠. 관객석과 무대 사이도 슈박스 타입보다 훨씬 가깝습니다. 도이칠란트의 건축가 한스

샤로운Hans Scharoun이 베를린 필하모닉의 콘서트홀을 새로 지을 때 '청중이 둘러앉아 공연을 보았으면 좋겠다'는 바람으로 설계했으며, 당시 '관객과 연주자가 가장 집중할 수 있는 최고의 방법'이라는 카라얀의 극찬을 받으며 이 계획을 실행했다고 합니다. 지금은 베를린 필을 비롯해 라이프치히 게반트하우스, 시드니 오페라하우스, 파리 필 하모니, 삿포로 콘서트홀 등 여러 클래식 콘서트홀이 이 빈야드 타입으로 지어졌습니다.

대중음악 공연장도 마찬가지지만 특히 클래식 콘서트홀에 대한 우리의 강박은 '음향은 어떤가?'였습니다. 음향은 물론 공연장에서 중요한 요소입니다. 하지만 관객과 연주자가 어떤 위치에서 서로 소통하는가도 중요하지요. 빈야드와 슈박스 타입의 음향에 관한 차이는 각 공연장의 상황이나 환경에 따라 이견이 있습니다만 소통에 대한 철학은 명백히 다릅니다.

록 밴드 '유투'가 2009년부터 2011년까지 벌인 일명 '360도 투어'는 연일 화제를 낳았습니다. 2009년 앨범 〈No Line on the Horizon〉의 발표와 함께 지금까지 그들이 보여준 공연의 비법을 집대성한 공연이었지요. 관객이 무대를 완전히 둘러싼, 초대형 규모의 이 콘서트는 'The Claw'라는 이름의 구조물이 야외 공연장 한가운데에 설치되고 음향장비와 스크린 역시 이러한 구조를 위해 제작되었습니다.

저 역시 뉴욕에 있을 때 이 공연을 관람했습니다. 네 멤버가 들려주는 연주의 에너지도 엄청났지만, 구조물과 영상, 그리고 360도로 둘러싼 청중을 향해 보여주는 음향 등 공연의 테크놀로지는 실로 대단했습니다. 라이브로 음악을 듣고 보는 것은 극장에서 영화를 보는 것, 집에서 음악을 듣는 것과 분명 다릅니다. 그리고 같은 음악과 퍼포먼스라도 어디에서 무엇을 보여주느냐에 따라 그 메시지와 철학이 달라지지요. 이 소통의 문제야말로 음악을 하는 사람뿐 아니라 그것을 향유하는 모두가 함께 생각해볼 문제가 아닐까요.

No Line on the Horizon
공연 홍보 영상

장르를 이해하고 사랑하는 일

엘리아니 엘리아스 - Paulistana

'팔방미인'이라는 말이 있습니다. '어느 모로 보나 아름다운 사람, 여러 방면에 능통한 사람'을 이르는 말이라고 하는데요, 오늘 소개할 피아니스트이자 작곡가인 '엘리아니 엘리아스Eliane Elias'야말로 이 말과 참 잘 어울리는 아티스트입니다. 고등학교 시절, 데논 클래식스Denon Classics에서 발매된 앨범 〈Cross Currents〉를 우연히 발견하면서 그녀의 음악을 접하게 되었습니다. 그랜드피아노 위에서 엘리아니 엘리아스가, 조금 촌스럽다 싶은 1980년대식 포즈를 취한 재킷 사진이 기억납니다. 더 솔직하게 이야기하자면 재킷 이미지와 능숙한 연주 외엔 남는 것이 없던 앨범이었습니다.

그리고 세월이 지나 대학시절, 엘리아니 엘리아스의 앨범들과

녹음할 때 대부분의 시간을 보내는 스튜디오.

우연히 다시 만나게 되었습니다. 이때 그녀는 블루노트 레이블로 적을 옮겼고, '내가 언제 그랬나요?' 하듯 데논 시절의 앨범과는 완전히 달라진 음악을 쏟아내기 시작했습니다. 그녀는 블루노트 레이블뿐만 아니라, EMI 클래식에서 클래식 레퍼토리를 다루는가 하면(〈On the Classical Side〉), 스턴트 레코드Stunt Records에서는 재즈 오케스트라의 거장 밥 브룩마이어Bob Brookmeyer와 재즈 오케스트라 앨범(〈Impulsive!〉)을 선보였습니다. 또 RCA 빅터에서 발매한 2006년 앨범 〈Around the City〉에서는 일렉트로닉과 재즈를 자신만의 취향으로 섞어놓은, 일종의 향수 같은 음악을 선보이기도 하고요. 2011년 콩코드 피칸테Concord Picante 레이블을 통해 발표한 앨범 〈Light My Fire〉에서는 록그룹 도어스의 노래를 재해석하기도 했지요. 그러면서도 2012년 발표한 컬래버레이션 앨범 〈Swept Away〉에서는 무한한 재즈의 아름다움과 공간감을 한껏 선보이며 귀를 사로잡습니다. 이쯤 되면 누구나 '팔방미인'이라는 말을 떠올리겠지요.

그녀의 여러 음반 중에서도 저는 블루노트에서 발매된 앨범들을 가장 좋아합니다. 오늘은 미국 재즈와 브라질 음악이 가장 이상적으로 결합된, 좋은 본보기가 되어 주는 1993년 앨범 〈Paulistana〉를 소개합니다.

다양한 레퍼토리와 음반사를 아우르는 작업 속에서도 엘리아니 엘리어스는 자신만의 확고한 색깔을 유지하는 노련함까지 보여줍니다. 봄꽃이 만개하듯 찬란하게 전개하는 연주와 편곡은 그녀의 가장 큰 매력이지요. 보스턴의 버클리 음악대학 재학 시절, 저 역시 엘리아니 엘리아스의 마스터 클래스에 참여했습니다. 엘리아스는 미국 재즈와 브라질 음악이 어떻게 다른지를 정말로 답답하다는 듯 격정적인 열변과 연주로 설명했습니다.

"재즈 연주자들은 보사노바를 이렇게 연주하지요. 그리고 미국 팝은 이런 식으로 또 삼바를 연주하고요. 하지만 진짜 브라질 음악은 이렇게 하는 거예요."

장르의 차이를 깊이 이해하고 저마다의 음악을 사랑하는 그녀의 열정은 지금도 제게 큰 가르침을 선사합니다.

진화하는 R&B

에리카 바두 - New Amerykah, Pt. 2: Return of the Ankh

우리는 곧잘 뮤지션의 전성기에 관하여 이야기합니다. 몇 장의 앨범을 선보인 아티스트라면 전보다 더 발전했다는 평보다 그전보다 못하다 혹은 이전의 감성이 더 나았다는 말을 곧잘 듣게 되지요. 특히 요즘처럼 음악을 '듣는다'기보다 '소비한다'는 표현이 어울리는 시대에는 더더욱 그렇습니다.

하지만 이러한 기준은 지극히 주관적인 것일 뿐 어쩌면 이러한 평가마저 대중의 관심인지도 모릅니다. 하지만 이러한 관심조차도 무엇인가를 창작하고 선보여야 하는 사람들에게는 두려움으로 다가올 것입니다. 그것이 예술가의 숙명인지도 모르지요.

자문해봅니다. 나는 과연 누구의 팬이라고 단정할 수 있을까? 전성기 때의 관객을 동원할 수 있느냐 없느냐를 따지는 것 자체가 무색한 아티스트, 오직 그의 새 앨범이 매번 궁금한 아티스트는 내게 누구일까? 그러자 '에리카 바두Erykah Badu'가 떠올랐습니다. 가수이자 싱어송라이터이며 프로듀서인 에리카 바두는 오늘날 가장 영향력 있는 팝 아티스트 중 한 사람입니다. 에리카 바두가 1997년 발표한 첫 앨범 〈Baduizm〉 LP 레코드를 지금껏 소중히 간직하고 있습니다. 당시 그녀의 음악은 제가 당시까지 경험한 R&B 중 가장 새로운 음악이었거든요.

재즈를 연상케 하는 목소리와 기존 R&B에 더해진 아프리카 음악과 힙합, 펑크 등 다양한 색채가 그저 놀라울 따름이었습니다. 하지만 당시만 해도 '특색 있는 신인' 정도로 여기던 제 생각이 무색하게, 에리카 바두는 앨범을 낼 때마다 더 큰 놀라움을 안겨주었습니다.

오늘날 네오 솔neo-soul의 여왕이자 이 장르를 발전시킨 주역으로 평가받는 에리카 바두는 2010년 앨범 〈New Amerykah, Pt. 2: Return of the Ankh〉를 통해 어느덧 데뷔한 지 20여 년이 지난 거장의 진면목을 보여줍니다. 그러면서도 기시감이라곤 찾아볼 수 없는 새로움 또한 간직하고 있지요. 이 앨범을 듣자마자 그녀의 다음 앨범이 궁금하고 기다려질 정도였습니다. 다음 앨범을 고대하게 되는 아티스트가 있다는 것만으로도 제 '팬심'은 살아 있는 것이리라 믿어봅니다.

어울림

킹 크레오소테 & 존 홉킨스 - Diamond Mine

이른 아침이면 겨울 냄새가 나는 요즘입니다. 매년 이맘때 새로운 앨범이 많이 발매되는 것을 보면, 음악의 유행은 빠르게 변할지라도 감성 충만한 계절은 변함없구나 싶습니다. 여러분은 지금 어떤 음악을 듣고 있나요?

저는 요즘 '킹 크레오소테King Creosote'와 '존 홉킨스Jon Hopkins'가 함께한 2011년 앨범〈Diamond Mine〉을 내내 듣습니다. 코끝이 서늘해지고 외로움이 밀려올 때 따뜻한 차 한 잔에 마음을 녹이듯 최면을 거는 음악입니다.

최근 몇 년간 국내에서도 컬래버레이션 작업이 유행처럼 되었습니다. 음악적 기대감을 충족하는 것은 물론 팬에게도 더할 나위 없는 선물이지요. 하지만 이러한 작업이 과연 좋은 결과로 이어졌는지, 좋은 결과란 어떤 것인지 애매모호할 때도 있습니다.

오늘 소개하는 앨범 〈Diamond Mine〉은 컬래버레이션의 '좋은 예'를 들 때 필요한 앨범입니다. 서로 다른 장르의 아티스트가 만나 예상과는 다른 방향의 뛰어난 결과물을 내놓았을 뿐만 아니라, 서로의 역량에 대한 배려란 이런 것이 아닐까 싶을 정도로 훌륭한 균형감을 보여주기 때문입니다.

이 앨범을 이해하기 위해 먼저 두 뮤지션을 살펴볼 필요가 있겠지요. 존 홉킨스는 '콜드플레이'의 팬이라면 한번쯤 이름을 들어보았을 아티스트입니다. 그는 콜드플레이의 2014년 앨범 〈Ghost Stories〉에 공동프로듀서로 참여했고 심지어 그의 음악 중 'Light Through the Veins'는 콜드플레이의 'Life in Technicolor'의 도입부에 그대로 사용되기도 했습니다. 1979년 런던에서 태어난 존 홉킨스는 일렉트로닉 뮤지션이자 프로듀서로, 뛰어난 라이브 퍼포먼스를 보여주지요. 런던왕립음악대학Royal College of Music에서 피아노를 전공한 영향인지 피아노 연주마저 훌륭합니다. 촉촉한 감성의 사운드와 더불어 일렉트로닉과 피아노를 오가며 보여주는 그의 무대는 누구나 빠져들게 만듭니다.

케니 엔더슨Kenny Anderson이라는 본명을 가진 킹 크레오소테는 스코틀랜드 출신의 싱어송라이터입니다. 포크와 얼터너티브에 기본을 둔 그의 음악은 서정적이지만 그 스펙트럼은 무척 넓습니다.

그래서 그의 모든 앨범이 흥미진진합니다. 지금까지 40장 이상의 앨범을 발표한 것만 보아도 음악에 대한 탄탄한 이력과 끊임없이 뿜어져나오는 에너지를 엿볼 수 있습니다.

전혀 다른 두 아티스트가 〈Diamond Mine〉에 모여 오직 사색과 여정, 외로움을 달래는 따뜻한 정서에 집중합니다. 첫 트랙 'First Watch'가 시작되자마자 오감이 집중됩니다. 마침내 'Your Young Voice'를 마지막으로 일곱 트랙이 끝나는 순간 저절로 미소가 떠오릅니다. 〈Diamond Mine〉은 영국과 아일랜드, 스코틀랜드에서 권위를 자랑하는 음악상인 '머큐리 프라이즈'와 '스코티시 앨범 오브 더 이어'에 노미네이트되었습니다.

미래의 음악을 통한 과거에 관한 교육

퍼블릭 서비스 브로드캐스팅 - Inform-Educate-Entertain

가끔 '추구하는 음악 장르는 무엇입니까?' 하는 질문을 받습니다. 그럴 때면 주저하지 않고 록rock이라고 대답합니다. 저의 음악을 들어보신 분들은 상당히 의아하게 생각하시겠지만요. 이 지면을 통해 언급하기도 했지만, 어린 시절부터 록에 심취해 있었고 지금도 음악을 만들면서 가슴 깊이 '록 스피릿'을 간직하고 싶은 저입니다. 하지만 어린 시절 만난 '킹스엑스' 이후로는 록 뮤지션의 앨범을 기다린 적이 많지 않았습니다. 제 취향이 많이 달라졌기 때문일까요.

그런데 최근 한 무리의 록 뮤지션들에게 완전히 반하고 말았습니다. 바로 '퍼블릭 서비스 브로드캐스팅Public Service Broadcasting'입니다. 이들이 발표한 모든 앨범과 싱글까지 구매했을 정도로 요즘 '퍼블릭 서비스 브로드캐스팅'의 음악에 푹 빠져 있습니다.

다양한 장르 요소를 두루 포용했기에 흔히 얼터너티브나 일렉트로닉, 신스팝으로 분류되는 이들이지만, 저는 그냥 '록'이라고 이야기하고 싶습니다. 퍼블릭 서비스 브로드캐스팅이 보여주는 다양한 빛깔의 뿌리에는 심장을 흔드는 정통 록이 강렬하게 자리 잡고 있기 때문입니다. 가장 현대적인 록은 어떤 것인지 궁금한 사람이 있다면 이들의 앨범을 권하고 싶습니다.

영국 런던에 근거지를 둔 퍼블릭 서비스 브로드캐스팅은 기타와 밴조, 샘플링을 맡은 J.윌구스J.Willgoose, Esq와 드럼과 피아노를 비롯한 각종 일렉트로닉 악기를 맡은 리글스워스Wrigglesworth로 이루어진 듀오 밴드입니다. 우리말로 '공영방송'을 뜻하는 팀명이 상당히 재미있지요.

이들의 음악에는 보컬이 없습니다. 마치 옛 TV로 공영방송을 시청하는 듯한 내레이션이나 대사가 그 자리를 대신하는데요. 이런 효과는 오래된 정치 및 흑색선전 영상물에서 직접 샘플링해 가져온 것입니다. 연주음악에 가깝지만 마치 보컬이 있는 것처럼 들리는 것은 이 같은 샘플링이 기가 막히게 어울리기 때문입니다. '미래의 음악을 통한 과거에 관한 교육'이라는 그들의 슬로건과도 잘 맞는 발상이지요.

이들의 공연은 음악과 내레이션, 비주얼 아트가 함께해 마치 갤

러리에서 현대미술 인스톨레이션을 감상하는 듯합니다. 2013년 〈Inform-Educate-Entertain〉이라는 독특한 이름의 앨범으로 데뷔한 이들은 아직 엄청난 유명세를 얻지는 못했지만 분명 보석 같은 팀입니다. 이전에 발매한 EP나 싱글도 상당히 재미있고요. 이 모든 과정에 담긴 그들의 비전이 다음 앨범을 무척 고대하게 만듭니다.

Spitfire
공식 뮤직비디오

블루노트에서 보내는 크리스마스

크리스 보티 - Chris Botti in Boston

크리스마스는 종교와 지역을 떠나 마음껏 즐기고 싶은 휴일입니다. 하지만 바쁜 일상 속에 크리스마스를 즐길 수 없을 때도 많지요. 그러다가도 문득, 길을 지나다 들려온 캐럴에 '벌써 크리스마스인가?' 하고 걸음을 멈추게 됩니다. 여러분은 올 크리스마스에 어떤 음악을 들을 계획인가요?

크리스마스 하면 뉴욕이라는 도시를 빼놓을 수 없습니다. 재즈가 흐르는 뉴욕은 영화나 드라마에 흔히 등장하는 크리스마스 풍경이고요. 뉴욕에는 정말로 많은 재즈 클럽이 있고 그중에서도 블루노트Blue Note는 세계적으로 잘 알려진 재즈 클럽입니다. 너무나 잘 알려진 나머지 개성 있는 재즈를 접하는 장이라기보다 스타 뮤지션의 공연과 관광객으로 북적이는 곳이 되었지만요. 그래도 크리스마스에 더없이 어울리는 공간임에는 분명하지요. 과연 이곳의 크리스마스는 어떨까요. 매주 혹은 매달 다른 아티스트가 공연하는 이곳이지만 수년 전부터 신기하게도 크리스마스에는 오직 한 아티스트의 공연만이 이어집니다. 바로 트럼펫 연주자 '크리스 보티Chris Botti'입니다.

크리스 보티는 우리에게도 익숙한 뮤지션입니다. '스팅Sting'의 밴드로 발탁되어 주목받았고, 솔로 아티스트로서도 세계적인 성공을 거두었지요. 재즈라는 장르로 국한하기에 그의 앨범은 팝과 클래식을 비롯해 대중적인 레퍼토리로 채워져 있습니다. 그래서 마니아들 사이에서는 그저 연예인이나 엔터테이너로 생각되기도 하는 모양입니다.

그러나 흔한 그의 레퍼토리와 유명세의 겉껍질을 지나 들여다보면 크리스 보티의 연주와 앨범은 그 완성도가 무척 높습니다. 특히 존경하는 아티스트 '길 골드스타인'의 프로듀싱으로 완성된 앨범들은 그래미상 수상 여부를 떠나서도 연주 앨범의 가장 이상적인 모습을 보여주고 있습니다.

크리스 보티의 매력은 공연에서 더욱 진가를 발휘합니다. 테크닉이 뛰어난 연주자들로 구성된 그의 밴드는 '내가 생각하는 크리스 보티의 음악 맞아?'라는 탄성이 나올 정도의 신선한 음악을 선사하지요. 오늘은 크리스 보티와 보스턴 오케스트라가 2008년 보스턴

심포니홀에서 공연한 라이브 앨범 〈Chris Botti in Boston〉을 소개합니다. 드러머 '빌리 킬슨Billy Kilson'의 연주가 그 진가를 더해주는데요. 두 번째 트랙 'When I Fall in Love'는 지금까지의 수많은 편곡을 잊게 할 만큼 화려한 테크닉을 선사합니다.

서던록의 부활

블랙 크로우스 - Shake Your Money Maker

음악을 즐기는 사람들에게 새로운 아티스트의 탄생은 큰 기쁨인 한편, 출중한 아티스트의 사망이나 은퇴 소식은 마음을 아프게 합니다. 가끔은 안타깝게도 아티스트가 자리한 자리와 그 역량이 그가 사라짐과 동시에 영원히 소멸되는 것처럼 느껴집니다. 대표적인 예가 '서던록Southern Rock'이 아닐까 하는데요, 블루스와 컨트리 그리고 로큰롤을 바탕으로 미국 남부에서 발전한 록 음악입니다. 재즈와 함께 미국적인 대중음악 장르이기도 하지요.

지금은 서던록의 대표 주자로 손꼽히는 '올맨 브라더스 밴드Allman Brothers Band'가 해체와 재결성을 반복하며 소식을 들려주고 있습니다. 하지만 서던록이라는 용어와 밴드 자체가 동일시될 만큼 빛나는 아티스트가 있었습니다. 바로 '레너드 스키너드Lynyrd Skynyrd'입니다. 레너드 스키너드는 서던록을 대중적으로 자리매김하게 한 주인공입니다. 당시의 다른 록과는 달리 서정성과 아름다운 가사까지 겸비하며 대중의 엄청난 지지를 얻었지요.

그러나 어처구니없게도 1977년, 비행기 사고로 멤버 전원이 사망하는 사건이 발생했습니다. 이 소식은 당시의 팬들에게 엄청난 충격으로 다가왔지요. 레너드 스키너드의 사망과 더불어 서던록도 사망했다고 이야기할 만큼 파장도 상당했습니다. 그날 이후 서던록은 여전히 연주되고 노래되어왔음에도 마치 빛바랜 옛 노래처럼 인식되어왔지요.

세월이 지나 1990년, 옛 라디오스테이션에서 흘러나올 법한 전형적인 서던록 스타일의 기타 소리가 사람들의 귀를 사로잡습니다. 이들의 음악은 이미 한물갔다던 전형적인 서던록임에도 신선한 편곡과 새로운 사운드로 전혀 다른 서던록의 이야기를 쓰기 시작했습니다.

밴드 '블랙 크로우스The Black Crowes'의 이야기는 이렇게 시작되었습니다. 이들은 데뷔 앨범부터 여러 싱글 차트를 석권하고 이후의 앨범들도 빌보드 톱에 랭크시킬 정도로 신선한 바람을 불러 일으켰습니다. 레너드 스키너드의 환생이라 불릴 만큼, 골수팬들과 젊은 팬 모두에게 뜨거운 사랑을 받았습니다. 제가 이들의 앨범을 처음 구입한 것이 중학생 때였는데요, 이들이 서던록을 장르의 한계를 넘어 젊은 음악으로 구현해냈음을 짐작할 수 있지요.

오늘은 제가 구매한 그들의 첫 앨범 〈Shake Your Money Maker〉를 추천합니다. 1990년 발매된 이 데뷔 앨범은 제게 무척이나 인상적으로 다가왔습니다. '미국적인 클래식 록의 계보는 계속된다!'라고 외치는 듯한 패기가 신선했고, 두 대의 기타가 뿜어내는 묵직한 블루스 그루브는 지금 들어도 일품입니다. 팝 팬들도 좋아하는 발라드 'She Talks to Angels'은 지금도 회자되는 미국식 록 발라드 넘버이지요. 무엇보다 이 음반에는 '품격'이라는 말이 참 잘 어울립니다. 낡고 지역성이 강하다는 편견이 자리 잡은 장르와는 언뜻 공존하기 힘든 단어처럼 들리지만, 정말로 그렇습니다. 빼어난 취향과 재능, 그리고 장르 음악에 대한 뿌리 깊은 애정과 관심이 없다면 불가능한 일이겠지요.

She Talks to Angle
공식 뮤직비디오

〈허삼관〉 작업노트

허삼관 사운드트랙

영화 〈허삼관〉의 사운드트랙 앨범이 드디어 선을 보였습니다. 지난해(2014년) 오랜 시간을 함께해온 영화이기에 저에게는 남다른 결과물입니다. 이번 영화음악의 주를 이루는 음악은 오케스트라입니다.

가장 오랫동안 작곡한 넘버는 영화의 후반부 음악들입니다. 클래식과 재즈를 넘나드는 브라질의 피아니스트이자 작곡가 '안드레 메마리André Mehmari'가 오케스트레이터로 참여해 몇 달 동안 상파울루와 부산 해운대를 (스카이프와 이메일로) 오가며 작업해주었습니다. 피아노뿐만 아니라 바이올린과 클라리넷 등 수많은 관현악기를 자유자재로 다루는 그의 천재적인 감각에 감탄을 연발한 시간이었습허삼관 사운드트랙은 프랑스에서도 녹음되었습니다.

체코 국립 심포니 오케스트라 녹음 장면(위).
브라질 상파울루에서 작업 중인 루이즈 리베이루(아래).

니다.

이와는 반대로 영화 전반부의 음악은 '마크 베힐레Mark Baechle'가 함께했지요. 마크는 국내에서도 개봉한 대런 아로노프스키Darren Aronofsky 감독의 〈노아〉와 마이클 만 감독의 영화 〈퍼블릭 에너미〉 영화음악에서도 활약한, 뉴욕의 베테랑 오케스트레이터입니다. 특히 마크와는 전반부 음악을 어떤 방식으로 영화에 맞게 구현해나갈 것인지 장시간 상의했는데요. 서로의 작업부터 마크가 할리우드에서 작업한 결과물, 큐시트 하나하나까지 교환하며 서로의 방식을 알아가는 데에 많은 시간을 보냈습니다. 이런 과정을 음악이라는 결과로 구현하기 위한, 과정에 대한 고민이 무엇보다 중요하다는 사실을 다시 한 번 확인했습니다.

마지막으로, '푸디토리움'의 앨범에 작사와 노래로 참여한 싱어송라이터 '루이즈 리베이루'가 전반부와 후반부의 음악을 잇는 오케스트레이터로 함께했습니다. 저의 음악을 오랫동안 좋아해주고 지지해준 동료이기에 세심한 연결고리를 깊이 이해하리라 믿었기 때문이지요.

이렇게 만들어진 오케스트라 악보는 프라하로 건너가 60명으로 구성된 '체코 국립 심포니 오케스트라'의 연주로 녹음되었습니다. 라이브 생중계 시스템을 통해 뉴욕과 상파울루의 오케스트레이터들, 한국의 스톰프뮤직 스태프, 성신여대 브릭월사운드의 강효민 엔지니어 등 모두가 음악을 들으며 함께했지요.

현악 위주의 음악에서 벗어나 클라리넷, 바순, 하프 등 악기 각각의 색채와 배합에 초점을 맞출 수 있었던 것도, 테크놀로지의 힘을 빌린 오버 더빙을 하지 않고 본연의 클래식 오케스트라 공연에 가까운 녹음을 과감히 선택할 수 있었던 것도 훌륭한 동료들이 있어 가능했습니다. 참, 극장에서는 음반에 실린 오케스트라 음악 외에도 파리에서 기타리스트 '애드리안 모이나르Adrien Moignard'와 함께 녹음한 집시 라이브 앙상블과 이탈리아에서 작업된 '누에보 탱고 앙상블Nuevo Tango Ensemble'의 탱고도 들어보실 수 있답니다.

〈허삼관〉 예고편

러시아 클래식의 미래

블라디미르 마르티노프 - Opus Posth

음악을 들으며 길을 달리다 저 자신도 모르게 "심장이 터질 것 같아!" 하고 외친 적이 있습니다. 한 트랙 한 트랙 넘어갈 때마다 밀려오는 감정의 파도가 어마어마했거든요. 그날 힘든 일이라도 있었던 것이 아니냐고요? 아니요. 전혀 그렇지 않습니다. 그 음악에서 언어로는 도저히 설명할 수 없는 거대한 경이로움을 느꼈기 때문이었죠.

가끔 그날의 벅찬 감정이 떠오릅니다. 한창 음반을 모으고 좋아하는 아티스트의 음악을 듣느라 잠까지 설치던 십 대라면 모를까, 어른이 된 지금 이토록 열렬할 수 있는 음악을 만난 것이 마냥 신기했거든요.

'어떻게 이토록 완벽한 곡을 쓸 수 있는 거지?' 하는 감탄을 연발하게 한 그 음반은 바로 러시아의 클래식 작곡가 '블라디미르 마르티노프Vladimir Martynov'의 〈Opus Posth〉였습니다. 1946년 모스크바에서 태어난 블라디미르 마르티노프는 현존하는 위대한 작곡가 중 한 사람이지요. 콘체르토와 오케스트라, 체임버 음악을 주로 작곡하는 그는 러시아 클래식 음악의 현재와 미래를 새로운 눈으로 보게 합니다.

피아노를 전공한 블라디미르 마르티노프의 작곡법은 음렬에 바탕을 둔 '12음계 작곡법'입니다. 현대음악의 작곡기법으로 알려진 이 테크닉이 정확히 어떤 것인지 제대로 이해하기는 다소 어렵습니다. 게다가 그는 작곡가일 뿐만 아니라 민속음악학자라고 하는데요. 과연 그의 음악을 내밀하게 살펴보면 역사와 종교 등 광범위한 민족과 정치적인 이슈까지를 포함하고 있지요. 그래서인지 그의 음악을 들어보기 전까지는 어쩐지 낯설기만 할 것 같아 거리감도 느낍니다.

하지만 들어보십시오. 신기하게도 그의 음악은 듣기에 좋습니다. 압도적으로 아름답습니다. 물론 블라디미르 마르티노프의 음악은 과거와 현재, 미래의 클래식 음악 한가운데에 자리합니다. 그러면서도 교과서적으로 구현된 현대 클래식 기법들이 보이지요. 그 또한 기본에 충실하고 정교합니다. 이렇게 아카데믹하기만 할 것 같은 음악이 이토록 뛰어난 멜로디와 감성으로 풀어져 있다니 놀랍지 않나요? 오늘은 블라디미르 마르티노프의 세계를 직접 소리로 경험해보시길 권합니다.

미래로 보내는 옛 일기장

푸딩 - Pesadelo

가까이 오랜 사귄 벗을 친구親舊라고 부릅니다. 살다 보면 어릴 적 친구와 소주 한잔을 기울이기도 하고 가끔은 연락이 끊긴 친구 소식도 궁금해집니다. 드물게는 마음이 상해 다시 보고 싶지 않은 친구도 있겠지요. 저마다 기준은 다르겠지만, 친구란 나와 진심으로 소통할 수 있으며 그 소통을 통해 함께 성장하는 존재인 것만은 분명합니다.

우리 모두가 알고 있듯, 가족은 친구와는 다릅니다. 그런데 이런 말을 접할 때가 있습니다. '친구 같은 가족, 친구 같은 아빠, 친구 같은 엄마'. 물론 그만큼 원만한 소통을 이루고 싶다는 뜻으로 이해는 하고 있습니다만, 좀 이상하지 않은가요. 가족이란 친구보다 훨

Pesadelo 앨범 재킷.

나의 어린 시절.

씬 가까운 존재인데 왜 우리는 친구 같은 엄마, 친구 같은 아빠가 되고 싶은 걸까요. 더 신기한 일은 저 역시 갓 돌을 지난 아기를 보며 같은 생각을 하고 있더라는 것입니다.

문득 이런 생각도 해봅니다. '아버지는 지금의 내 나이 때 무엇을 하고 계셨지? 그리고 어떤 모습이셨지?' 제 나이를 꼽아보며 제 나이 때의 아버지가 궁금하고 보고 싶어집니다. 그런데, (물론 영화에서나 나올 법한, 말도 안 되는 상상이겠지만) 지금의 내가 동년배의 아버지를 만나게 된다면 우리는 친구가 될 수 있을까요. 그리고 우리 로와가 나와 동갑이 되어 지금의 나를 만날 수 있다면 우리는 과연 친구가 될 수 있을까요.

2005년 저는 '푸딩'의 이름으로 두 번째 앨범 〈Pesadelo〉를 발표했습니다. 'pesadelo'는 포르투갈어로 '악몽'을 의미합니다. 앞에서도 언급했듯 푸딩의 두 앨범은 돌아가신 어머니에 관한 콘셉트 앨범이었습니다. 두 번째 앨범의 제목이 악몽인 것도 그래서입니다. 겨우 잠이 들면 꿈속의 우리 가족은 여느 때와 다름없는데, 차가운 아침 공기와 함께 눈을 뜨자마자 어머니의 부재가 와락 다가오곤 했습니다. 그 낯선 공기가 너무나 고통스러웠지요.

〈Pesadelo〉의 마지막 트랙은 제가 두 살 때 어머니, 아버지와 나눈 실제 대화를 녹음한 것입니다. 첫 앨범의 첫 트랙이자 어머니가 투병 중 그토록 가고 싶어했던 'Maldive'로 시작해 두 번째 앨범의 마지막 트랙이자 처음으로 회귀하는 'The Last Flight to

Maldive'에 이르기까지……. 다시 돌아올 수 없는 행복했던 순간으로 푸딩의 음악적 여정은 끝을 맺었습니다. 만약 우리 로와가 내 나이가 되어 지금의 나와 만날 수 있다면, 그리고 우리가 아직 친구가 아니라면 저는 로와에게 이 〈Pesadelo〉 앨범을 들려주고 싶습니다. 오늘의 이 이야기도요. 그런 다음엔…… 친구가 되어달라고 손을 내밀고 싶습니다.

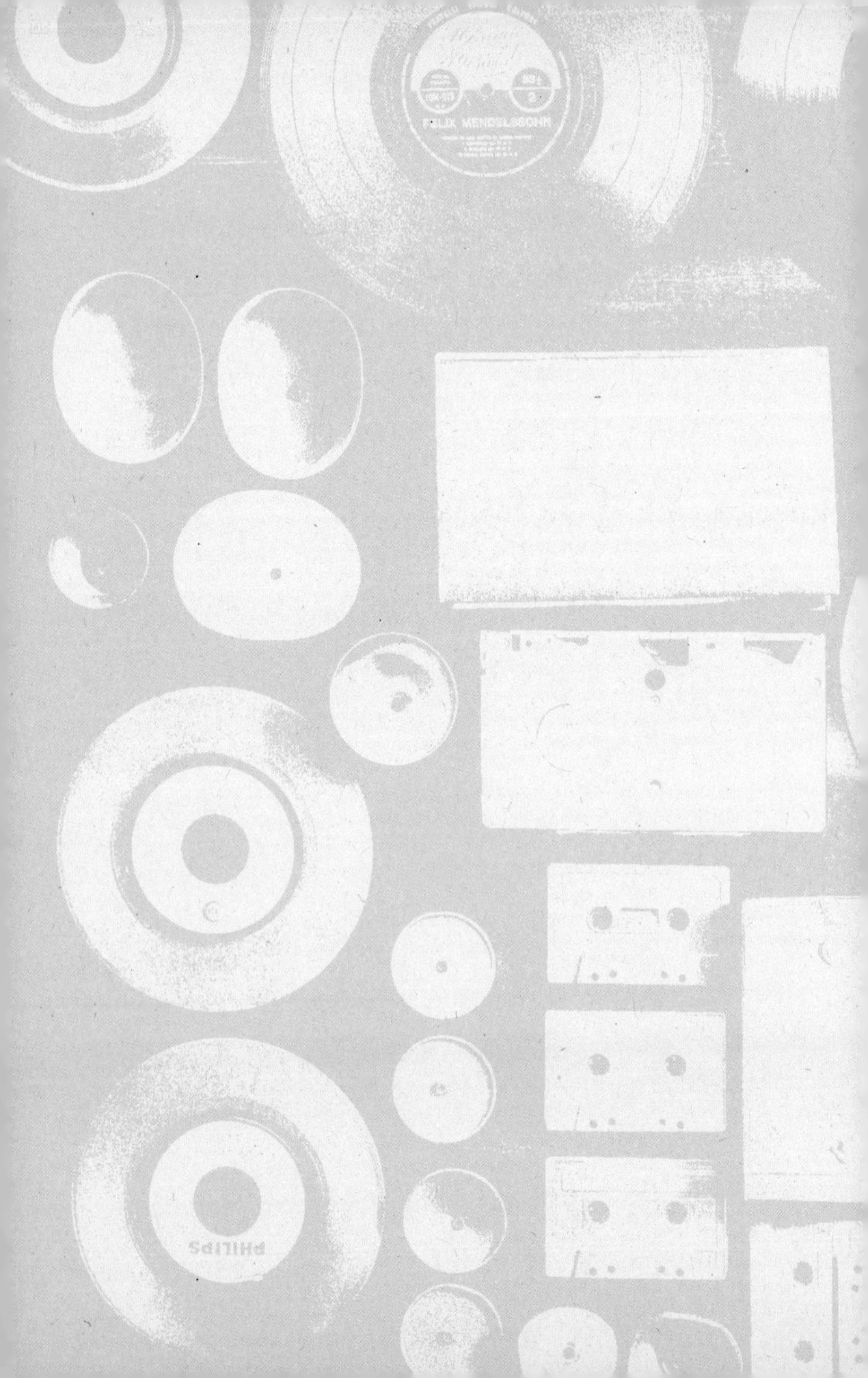
FELIX MENDELSSOHN
PHILIPS

Part. 3

음악으로 당신에게

언젠가 세월이 흐른 뒤

제 아이에게도

이 음반을 들려주고 싶습니다.

공동어시장에서 맞은 새벽.

소리로 듣는 영화

누벨 바그 사운드트랙

제가 진행하는 SBS라디오 프로그램에는 첫 방송 이후 지금도 계속되고 있는 코너가 하나 있습니다. 바로 '소리낙서장'인데요. '만약 소리로 낙서를 할 수 있다면 어떨까?' 하는 호기심에서 출발한 코너입니다. 일상의 기록을 텍스트나 이미지가 아닌 소리 그 자체로 기록해보고 싶었습니다. 예를 들자면 이런 것이지요. 가을이 되었고 계절이 바뀌었구나, 하는 생각이 드는 순간이 있습니다. 출근길 선선한 아침 공기와 흔들리는 나뭇잎 소리에 문득 가을이 왔구나 싶을 때 나무로 다가가 바스락거리는 소리를 녹음하는 것입니다. 혹은 여행에서 돌아와 이른 새벽 부산의 공동어시장을 찾을 때, 그곳에서 '정말 부산이구나!' 하고 느낄 때 공동어시장의 소음을 녹음하는 것이죠. 그렇게 모인 '소리낙서'를 방송을 통해 청취자와

공유합니다. 어떤 날은 파리의 지하철 안내방송이, 어떤 날은 커피포트 끓는 소리가 음악과 함께 편집 없이 방송됩니다.

고백하자면, 이 코너를 시작하게 한 가장 근본적인 계기는 장 뤼크 고다르Jean-Luc Godard 감독의 영화들입니다. 그는 새로운 물결이라는 뜻의 '누벨 바그Nouvelle Vague' 영화를 대표하는 감독이지요. 지금까지 수많은 위대한 감독들이 존재했지만, 단 한 사람의 거장을 꼽으라면 저는 고다르를 꼽고 싶습니다. 고등학생 시절, 처음으로 접한 그의 영화에서 대사와 배경음악을 비롯한 모든 소리가 영상과 함께 시처럼 혹은 긴 클래식 음악처럼 다가온 때의 경이로움은 지금도 생생합니다. 사운드와 이미지를 향한 본격적인 관심도 그의 영화에서 시작되었습니다.

오늘 소개할, 장 뤼크 고다르 감독의 1990년 영화 〈누벨 바그Nouvelle Vague〉의 사운드트랙은 이런 점에서 상당히 특이한 앨범입니다. 보통 영화 사운드트랙이라고 하면 장면에 삽입된 기존의 음악 또는 그 영화를 위해 작곡된 음악Original Score을 담은 앨범을 가리킵니다. 그런데 이 앨범은 영화가 시작되고 끝날 때까지 음악을 포함한 대사, 현장음 등 영화의 모든 소리를 실시간으로 담고 있습니다. 소리로 보는 한 편의 영화처럼 말이지요.

이 앨범은 ECM 레이블에서 발매되었고, ECM의 아티스트들이 대거 참여했습니다. '데이비드 달링'의 첼로에 '디노 살루치Dino Saluzzi'의 반도네온Bandoneon 등 아름다운 연주를 포함한 모든 소리가 뒤섞여 묘하게 마음을 움직입니다. 제가 '소리낙서장'을 통해 전하고자 하는 모든 것을 이미 보여준 영화인 셈이지요.

낯설고 아름다운 꿈

헨릭 고레츠키 - 교향곡 제3번, 슬픈 노래들의 교향곡

일주일에 한 번 라디오 프로그램을 진행하면서 유난히 긴장한 하루가 있었습니다. 주변의 우려를 뒤로 하고 호기롭게, 자그마치 26분이 넘는 긴 곡을 재생했거든요. 바로 '헨릭 고레츠키Henryk Górecki'의 교향곡 제3번 1악장입니다.

폴란드 출신의 현대음악 작곡가인 헨릭 고레츠키는 클래식의 영역에서든 대중음악의 영역에서든 반드시 짚고 넘어가야 하는 인물입니다. 보기 드물게 대중성과 예술성을 모두 인정받았을 뿐만 아니라 현대의 모든 음악이 지닌 미래지향적 요소를 이론적으로, 감성적으로 빼어나게 표현했기 때문입니다.

특히 그를 세계적으로 알린 작품이 바로 1976년 작곡된 교향곡

제3번 '슬픈 노래들의 교향곡Symphony of Sorrowful Songs'입니다. 오늘 소개하는 이 앨범은 명장 '데이비드 진먼David Zinman'의 지휘로 런던 신포니에타가 연주하고, 소프라노 '던 업쇼Dawn Upshaw'의 목소리가 더해졌습니다. 현대음악이라는 장르의 생소함에도 1993년 영국의 음반 차트에서 솔 ,팝, 록 등을 제치고 6위를 차지했으며 전 세계 클래식 차트에서 독보적인 1위 행진을 이어가는 등 보기 드문 판매량을 기록했습니다.

또한 이 음반이 발매된 당시 클래식 매거진인 〈그라모폰〉조차 비판했을 정도로 논란이 되기도 했지요. 참으로 사색적이고도 독특한 앨범입니다. 제2차 세계대전 중 아우슈비츠에서 학살당한 폴란드인의 영혼을 위로하는 곡인 만큼 가톨릭 성가처럼 비장하고 무겁기도 하고요.

그러나 이 음반에는 헨릭 고레츠키가 리듬과 화성에 집중해온 결과가 뚜렷이 담겨 있습니다. 고전적 양식의 대위법과, 현대음악에서 보여지는 반복되는 멜로디와 리듬이 정교하게 어우러져 강렬한 몰입을 선사하지요. 세 악장으로 이루어진 짧지 않은 연주이지만 악장이 끝나면 마치 꿈에서 깬 듯합니다. 느리지만 강렬한, 우주 같은 음악적 에너지에 잠시 마음을 빼앗겼다 되찾은 느낌이랄까요.

음악을 재생하고 나서 부산에 사는, 음악을 하는 후배가 오랜만에 문자를 하나 보내왔습니다. "라디오 듣다가 깜짝 놀랐어요. 지금 송정해변에서 듣고 있습니다!" 음악이 좀 길면, 생소하면, 현대음악이면 어떤가요. 늦은 새벽 시간에 송정 바닷가에서 이 음악을 듣고 바다를 즐긴 누군가가 있는걸요.

나를 비추는 음악

아스토르 피아졸라

날씨가 꽤 추워졌습니다. 내일이라도 겨울이 될 것 같은 날입니다. 날이 추워지면 마음도 냉정을 되찾게 되는 것인지 현실과 적당한 거리를 둔 채 그간의 일들을 하나씩 되짚곤 합니다. 한 해의 일들을 떠올리며 조금은 마음이 무거워지지요. 거울 속의 또 다른 나와 마주하는, 이런 기분이 바로 '가을을 타는' 것일까요? 내 모습을 비추는 거울처럼 과거의 나와 지금의 나를 돌아보게 하는 음악이 있습니다. 바로 '아스토르 피아졸라Astor Piazzola'의 탱고 음악입니다.

아르헨티나의 음악인 '탱고'는 이제 우리에게도 생소하지 않은 장르로 자리 잡았습니다. 제가 굳이 '아스토르 피아졸라의 탱고 음악'이라고 소개한 까닭은 그의 음악이 다른 탱고와 확연히 구분되는 어떤 면모를 지니고 있기 때문입니다. 오늘날 누에보 탱고Nuevo Tango의 출발점이자, 완성형 그 자체라고 해도 좋겠습니다. 그래서 세월이 지나도 조금도 빛바래지 않는, 클래식 음악과 같은 독보적 인기를 얻고 있습니다.

피아졸라의 음악에서 빼놓을 수 없는 요소가 바로 반도네온이라는 악기입니다. 탱고 음반을 즐겨 들으시는 분들도 간혹 아코디언과 반도네온을 혼동하곤 하지요. 우리에게 아코디언이 더 친숙한 까닭도 있고, 반도네온의 사운드가 아코디언의 그것과 유사하기 때문이기도 하겠습니다. 그러나 두 악기는 서로 많이 다릅니다. 아코디언은 오른손에 피아노와 같은 건반이 있고 풍금처럼 양손으로 바람을 불어 넣으며 연주하는 악기입니다. 그 전에는 단추식으로 만들어진 아코디언도 있었고요. 반면, 반도네온은 무릎 위에 두고 단추를 누르면서 주름상자를 움직여 연주합니다. 그리고 그 단추는 지금의 서양 음계와는 다른 체계로 나열되어 있습니다. 이처럼 낯선 음계의 배열과 구조 탓에 연주하기가 여간 까다롭지 않습니다.

반도네온은 이처럼 양손이 피아노의 건반과는 다르게 배열된 상당히 낯선 구조의 악기입니다. 피아졸라 특유의 멜로디와 화음은 이처럼 색다른 악기의 구조 및 특성에서 기인한 것이기도 하지요. 물론, 반도네온이 아닌 다른 악기로 연주된 명반도 무척 많습니다. 피아졸라는 뛰어난 반도네온 연주자이기 이전에 천재적인 작곡가였던 것이지요.

제가 처음 만난 피아졸라 역시 바이올리니스트 '기돈 크레머Gidon Kremer'가 연주한 앨범 〈El Tango〉였습니다. 처음으로 피아졸라의 음악을 접하고자 하는 친구에게 권하고 싶은, 상당히 친절한 앨범이지요. 피아졸라 밴드의 피아니스트였던 '파블로 지글러Pablo Ziegler'와 클래식 피아니스트 '에마누엘 엑스Emanuel Ax'가 듀오 피아노로 피아졸라를 멋지게 해석한 〈Los Tanguerros〉 역시 아직 그의 음악이 생소한 분들에게 꼭 권해드리고 싶은 앨범입니다.

나를 비추어주는 거울 같은 음악. 오늘 피아졸라의 음악을 이렇게 소개했습니다. 전혀 다른 시대와 장소에서 살았던 한 아티스트에게 나 자신이 이해받고 있다는 느낌을 선사하는 음악입니다. 슬픔과 기쁨이 교차하는 현란한 드라마 속에 묘한 위안을 받기도 하고요.

당신과 나의 성장통

아론 팍스 - Invisible Cinema

2003년 저는 밴드 '푸딩'의 1집 〈If I Could Meet Again〉을 처음으로 세상에 내놓았습니다. 당시 '과연 내가 나의 앨범을 사람들에게 들려줄 만큼 준비가 되었을까?' 하는 생각에 많이 힘들었습니다. 제가 만든 곡들을 들려주는 일이 부끄럽고 두렵기만 했습니다. 그 끊임없는 불안과 고민에 잠을 이루지 못할 때 소속사 대표님이 이런 말씀을 해주셨습니다. "한 아티스트가 시간이 지남에 따라 성장하고 변화하는 모습을 보는 것이 어쩌면 음악 팬의 가장 큰 즐거움일 수도 있다."

솔직히, 그때의 저는 그 말을 이해하지 못했습니다. 제작자와 아티스트의 입장이 다르기 때문이기도 했겠지만 지나친 부담감에 짓

눌려 있었던 것은 아닐까 생각해봅니다. 왜냐하면 10년이 지난 지금 저 자신이 음악 팬으로서 젊은 아티스트의 음반을 사서 한껏 즐기고 있기 때문입니다.

오늘 소개할 젊은 피아니스트 '아론 팍스Aaron Parks'가 2008년 발표한 〈Invisible Cinema〉도 그런 앨범입니다. 아론 팍스는 14살에 미국 워싱턴 대학교에 컴퓨터과학과 음악 복수전공으로 조기입학했으며, 16살에는 뉴욕의 맨해튼 음악학교Manhattan School of Music에서 수학하기 시작했습니다. 한마디로 미국 영재교육의 탄탄대로를 걸은 것이지요. 그래서인지 1999년부터 선보인 그의 초기 앨범들은 훌륭한 연주와 빼어난 곡들로 가득하지만 어쩐지 전형적인 우등생의 음악을 듣는 것 같아 큰 감흥을 느끼지는 못했습니다. 버클리 음악대학에서 유학하던 당시 수없이 듣던 음악들과 크게 다를게 없었죠.

하지만 아론 팍스의 음악은 점점 성숙의 변화를 거치더니 2008년 앨범 〈Invisible Cinema〉를 내놓습니다. 저 역시 들으면서 '우와!' 하는 탄성을 내질렀지요. 우선, 드럼을 맡은 '에릭 할랜드Eric Harland'와 기타를 맡은 '마이크 모레노Mike Moreno' 같은 뉴욕 재즈신의 새로운 물결을 이끄는 뮤지션들이 가세해 새로운 모험의 에너지를 부여합니다. 변칙적인 박자와 단순한 음의 반복 그리고 록이 뒤섞이면서 깊은 서정성과 함께 그로테스크함마저 느껴지지요. 드럼 앤드 베이스와 정글 레이브를 연상케 하는 첫 트랙 'Travelers'

와 록의 거친 기타 리프를 피아노가 대신한 세 번째 트랙 'Nemesis'도 놓치지 마시기 바랍니다. 재즈라는 장르만으로 규정할 수 없는 이 음반의 곡들은 빼어난 작곡과 아름다운 피아노 선율, 그리고 록을 포함해 현대 대중음악이 가질 수 있는 모든 장르를 파격의 마지막 선까지 끌고 가는 대담함을 보여줍니다.

이 음반이 녹음된 장소에서도 이러한 면을 엿볼 수 있습니다. 이 음반은 뉴욕의 브루클린 레코딩 스튜디오에서 작업되었습니다. 푸디토리움의 두 번째 앨범이 대부분 녹음된 이곳은 질 좋은 오래된 니브콘솔을 보유하고 있으며 다양한 아날로그 악기와 장비들이 있는, 제가 꼽는 뉴욕 최고의 스튜디오입니다. 하지만 엔지니어 엔디의 성향에 따라 스튜디오의 주소조차 공개되어 있지 않고 건물 외벽은 늘 셔터로 굳게 닫혀 있으며 친분이 있는 사람들에게만 입장이 허용되는데요. 매일 브루클린 인디록의 새로운 실험이 끊이지 않는 곳이랍니다.

언뜻 제 음악 성향과 상당히 다른 스튜디오로 보이지만, 이곳에서의 작업을 통해 오히려 저는 진정 원해온 소리를 얻었고 힘 있는 어쿠스틱 사운드가 무엇인지도 비로소 알게 되었습니다. 그래서 아론의 〈Invisible Cinema〉를 들을 때마다 그의 음악적 방향과 고민이 무엇인지 가슴으로 공감하곤 합니다.

여름을 조금 더 근사하게 나는 방법

셀소 폰세카 - Juventude/Slow Motion Bossa Nova

녹음을 하느라 서울과 부산을 하루가 멀다 하고 오가는 제게 사람들은, 서울에서는 "요즘 부산도 이렇게 덥나요"라고 묻고, 부산에서는 "서울도 요즘 이렇게 덥나요" 하고 묻습니다. 그래서인지 '무더위를 식혀줄 OO' 같은 광고 카피도 자주 눈에 들어오네요. 이런 카피만큼 거창하진 않아도 이 여름과 함께하기에 더할나위 없이 근사한 앨범 하나를 소개하려고 합니다. 바로 '셀소 폰세카Celso Fonseca'와 '호날두 바스토스Ronaldo Bastos'가 함께한 2003년 음반 〈Juventude/Slow Motion Bossa Nova〉입니다.

브라질 아티스트의 앨범이라고 하면 누구나 '삼바'와 '보사노바'라는 단어를 제일 먼저 떠올리시겠지요. 삼바는 흔히 뉴스나 TV 여행 프로그램에서 정열적인 카니발과 춤, 축제 풍경으로 보여집니다. 또 보사노바는 알고 보면 우리 대중가요에서 종종 접할 수 있던 장르 중 하나입니다. '김현철'의 '춘천 가는 기차'를 비롯해 시간을 더 거슬러 올라가면 '오석준'이 노래한 '우리들이 함께 있는 밤'도 이러한 보사노바 음악을 만날 수 있는 좋은 가요이지요. 특히 보사노바는 브라질에서 출발해 미국과 유럽의 팝에도 많은 영향을 주었습니다. 그러다 보니 우리에게도 친숙한 장르가 되었지요.

다만 아쉬운 것은 우리가 미국과 유럽의 팝에 편향적으로 노출된 탓에 아이러니하게도 본토 브라질의 삼바와 보사노바를 들을 기회가 많지 않다는 사실입니다. 그래서 우리는 이미 꽤 익숙해진 장르임에도 브라질 음악을 막연히 낯설다고 생각합니다. 마치 카니발 축제나 춤에 어울릴 법한 격렬하고 전통적 민속음악만이 브라질 음악의 전부인 듯 생각하지요. 물론 이것은 브라질 음악에 국한된 현상은 아닙니다. 쿠바나 아르헨티나, 멕시코 등지의 훌륭한 대중음악이 끊임없이 받는 오해이기도 합니다.

브라질의 음악은 삼바와 보사노바라는 인기 있는 큰 줄기 외에도 아폭세afoxe, 카니발 마치carnival march, 파티도 알토partido alto, 프레보frevo 등 생소하고도 다양한 장르와 리듬으로 가득합니다. 특히 오늘 소개하는 이 앨범은 우리가 지금껏 흔히 접할 수 없었던 다양한 장르와 리듬들을 스윙재즈와 펑크 등 미국과 유럽의 팝 스타일로 풀어낸 대표적인 앨범입니다. 그러면서도 가요나 팝에서 은근히

오늘은 조금 낯선 브라질 음악을 들어보세요.

접해온 브라질 음악의 익숙함 역시 지니고 있지요. 첫 트랙 'Samba É Tudo'는 어쿠스틱 연주이면서도 라운지 음악처럼 들리는 묘한 매력을 지닌 곡입니다. '푸디토리움'의 첫 앨범과 영화 〈멋진 하루〉 사운드트랙에 등장하는 제 오르간 연주는 이 곡에서 영향을 받았습니다. 또 'La Più Bella del Mondo'는 영화 〈제8요일〉의 너무나 잘 알려진 엔딩곡이기도 하지요. 이 곡이 셀소의 목소리와 함께 이토록 아름다운 브라질 음악으로 바뀌다니 놀랍고 또 반가웠습니다. 그래서 누가 들어도 쉽게 공감하고 친숙하게 느끼는 음악들이자 '오늘날 브라질 팝 음악이 이렇게 아름답고 멋지구나!'를 보여주는 감성 가득한 앨범입니다.

오늘 하루는 가사의 의미를 알기 힘들더라도, 또 앨범 제목과 아티스트의 이름이 익숙하지 않더라도, 그리고 정열적 춤과 민속음악이 먼저 떠오르더라도, 주저하지 말고 브라질 음악을 들어보세요. 제가 권하는 '여름 더위를 식히는' 가장 로맨틱한 방법이거든요.

Slow Motion Bossa Nova
공식 뮤직비디오

재즈, 뉴욕, 그리고 비제이 아이어

비제이 아이어 - accelerando

유명 배우이자 영화감독인 클린트 이스트우드는 한 인터뷰에서 이렇게 말했다고 합니다. '미국의 진정한 예술 두 가지는 재즈와 서부영화이다.' 그만큼 재즈는 미국 그리고 뉴욕을 중심으로 전개된 가장 독창적인 음악 장르입니다. 오늘날 전 세계의 수많은 예술의 도시들 가운데에서도 뉴욕은 여전히 재즈의 중심지로 손꼽힙니다.

그런데 왜 재즈는 아직까지도 뉴욕일까요? 이 물음에 대해 한번쯤 생각해볼 필요가 있습니다. 뉴욕의 재즈 클럽을 가보면 블루노트와 같은, 클럽이라기보다는 유명 공연장에 가까워진 몇 곳을 제외하면 서울의 재즈 클럽이 시설면에선 훨씬 낫다 싶을 정도로 열악한 곳이 대부분이죠. 스타 뮤지션이 모두 뉴욕을 중심으로 거주하거나 활동하는 것도 아닙니다. 무엇보다 재즈는 이제 지역적인 한계를 넘어섰고, 훌륭한 아티스트와 그들의 음악이 세계 곳곳에 존재합니다. 그럼에도 '재즈는 여전히 뉴욕이다'라는 이야기는 참 많은 궁금증을 자아냅니다 오늘은 이러한 궁금증에 적절한 대답이 될 앨범을 소개하고자 합니다. 바로 피아니스트이자 작곡가 그리고 프로듀서인 '비제이 아이어Vijay Iyer'와 그가 이끄는 '비제이 아이어 트리오'의 2012년 음반 〈아첼레란도accelerando〉입니다.

가장 권위 있는 재즈 전문지인 〈다운비트〉에서 2012년 진행한, 전 세계 186명의 국제비평가를 대상으로 한 투표가 있었습니다. 투표 결과 비제이 아이어는 '올해의 재즈 아티스트' 등 총 5개 부문의 수상자가 되었습니다. 물론 수상 여부가 아티스트를 판가름하는 척도는 될 수 없지만, 그에 대한 재즈계의 관심과 찬사를 한눈에 알 수 있는 대목임은 분명합니다. 인도 출신으로, 뉴욕을 중심으로 활동 중인 그는 대학교와 대학원에서 각각 물리학과 수학을 전공했다고 합니다.

오랫동안 이어져온 재즈 스탠다드를 벗어난 레퍼토리들과 정형화된 음계를 거부하는 비제이 아이어의 음악은 무척이나 파격적입니다. 반음계 진행을 바탕으로 자신만의 멜로디 구현을 확립하는 등 진보적이다 못해 미래지향적이지요. 그러나 재즈의 대표적인 테크닉인 즉흥 연주는 사실 즉흥성 그 자체보다는 잘 짜여진 편곡을 통한 아이디어에 기반을 두기도 합니다. 또 1960년대에 활동한 '윈튼 켈리Wynton Kelly'와 같은, 옛 재즈 연주자들의 고전 레퍼토리에서 음악적 아이디어를 가져오기도 합니다. 그래서 그의 음악은 과거의 전통과 새로움을 향한 파격, 이 두 측면을 고루 지니고 있습니다.

재즈 클럽이 자신의 유일한 음악 학교였다고 스스로 말하듯 비제이 아이어의 음악 학습 경험은 놀랍게도 '없습니다'. 그러나 그는 기존의 교육과 체계, 통념을 벗어나 스스로 자신만의 음악을 구현하는 시스템을 만들어갔지요. 그리고 그것은 지금 파격과 실험을 넘어 재즈의 또 다른 대안이 되고 있습니다. 동시에 유럽을 비롯해 세계적으로 마니아들의 지지와 동의를 얻고 있습니다. 이 같은 아티스트로서의 끊임없는 파격과 열정이 뉴욕을 재즈의 중심지로 이끌어가는 원동력이 아닐까요?

비제이 아이어는 현재 하버드 대학의 교수로도 재직하고 있습니다. 하버드로 옮기기 전 뉴욕 대학교에서 교직을 맡고 있던 그는 사실, 저의 대학원 시절 지도교수 중 한 사람이었습니다. 그가 살던 맨해튼의 집에서 처음 만났을 때 그가 했던 말이 아직도 잊히지 않습니다.

"누구나 구할 수 있는 재즈 악보에 의존하고, 학교에서 배운 스케일(음계)을 생각하고…… 이런 방식으로 연주하는 순간 그 음악은 이미 죽었다고 생각해. 나는 한 번도 음악 교육을 받지 않았기에 누굴 가르칠 자격 또한 없어. 다만 나와 여기서 서로의 생각을 공유하고 논의하며 음악에 대한 비전을 같이 발전시켜보면 어떻겠나? 나와 그리고 정범이 말이야. 교수와 학생이 아닌 오직 뮤지션 대 뮤지션으로서."

쿠바 음악의 별

베보 발데스 - 치코와 리타 사운드트랙

쿠바 출신의 피아니스트 '베보 발데스Bebo Valdes'가 향년 94세의 나이로 세상을 떠났다는 소식을 들었습니다. 쿠바의 유명 피아니스트 '추초 발데스Chucho Valdes'의 아버지이기도 한 그는 쿠바 음악의 황금시대를 이끈 주역이었습니다. 피아니스트이면서도 작곡자이자 편곡자였고 세계적으로 유명한 아바나의 '트로피카나 클럽Tropicana Club' 밴드를 이끌기도 했지요. 말 그대로 쿠바 음악을 말할 때 빼놓을 수 없는 거장이었습니다.

베보 발데스는 활발한 활동을 펼치던 1960년, 쿠바를 떠나 멕시코, 미국을 거쳐 스웨덴의 스톡홀름에 정착했습니다. 그리고 한동안 대중에게 좀처럼 모습을 드러내지 않다가 1994년, 활동을 재개하죠. 2000년에는 영화감독 '페르난도 트루에바Fernando Trueba'의 라틴재즈에 관한 영화 〈칼레 54Calle 54〉에 출연하면서 화려하게 복귀를 알리는데요. 이후 그래미상 5개 부문을 수상하는 쾌거를 이루기까지 합니다. 오늘은 세상을 떠나기 전의 베보 발데스의 연주를 들을 수 있는 귀중한 음반을 소개하려고 합니다. 바로 애니메이션 〈치코와 리타Chico y Rita〉의 사운드트랙입니다.

〈치코와 리타〉는 제7회 제천국제음악영화제 폐막작이자 경쟁 부문 대상으로 선정되면서 한국의 영화팬들 사이에도 입소문이 제법 퍼졌습니다. 이 애니메이션은 실제 베보 발데스의 삶을 모티프로 삼았다고 하는데요. 〈칼레 54〉에서 인연을 맺은 페르난도 트루에바 감독과 디자이너 '하비에르 마리스칼Javier Mariscal'이 감독으로 참여했습니다.

이 영화에서 특히 하비에르 마리스칼의 참여를 주목할 만합니다. 그는 1992년 바르셀로나 올림픽의 마스코트 코비Cobi와 캐주얼 신발로 잘 알려진 캠퍼 키즈Camper Kids, 유명 의류 브랜드 H&M 등 복합 디자인 프로젝트로 잘 알려진 상업 디자이너입니다. 그랬던 그가 이 영화를 통해 보여주는 드로잉과 색채 그리고 1940~50년대의 쿠바를 실사보다 더 사실적으로 재현한 세밀함은 감탄을 자아냅니다. 작년 바르셀로나 여행 중 우연히 하비에르 마리스칼의 작품과 〈치코와 리타〉 드로잉 전시를 보았습니다. 영화의 감동이 채 가시지 않은 제게 그의 그림은 벅찬 감동을 선사했습니다. 아이패드를 이용해 그림을 그리고 많은 팬들이 저렴한 가격으로 그의 그림을 소장할 수 있게 한 아이디어와 기획 역시 기억에 남네요.

이처럼 놀라운 아이디어와 이미지로 가득한 영상이 영화를 보는 내내 함께합니다. 그리고 어우러지는 큐반 뮤직은 뮤지컬이나 공연을 보는 듯 화려합니다. 베보 발데스의 인생을 모티프로 삼은 만큼 그의 명곡들이 사운드트랙을 장식하는 한편, 베보 발데스 본인이 직접 연주하기도 했답니다. 정통 큐반 음악뿐만 아니라 아프로 큐반 재즈도 사운드트랙을 통해 만끽할 수 있습니다. 큐반 음악을 처음 접하는 사람에게도 낯설지 않을 만큼 낭만적이고요. 첫 트랙 'Cachao, Creador del Mambo'는 사운드트랙 전체를 대변하는 큐반 넘버인데, 이 경쾌함만으로도 영화에 푹 빠져들기에 충분하죠. 제가 가장 즐겨 듣는 트랙은 1분 16초의 짧은 음악 'Sabor a Mí' 입니다. 많은 뮤지션에 의해 불린 이 곡이 이 앨범에서는 피아노와 목소리만으로 연주됩니다. 영화를 기억할 때마다 쿠바의 느린 춤곡을 의미하는 '단손Danzon'의 향기가 물씬 풍기는 이 발라드가 가장 먼저 떠오르지요. 애니메이션 〈치코와 리타〉 크레딧의 마지막 한 줄이 오늘따라 마음에 오래 남습니다.

'베보 발데스에게 이 영화를 바친다.'

몸의 음악, 음악의 철학

바비 맥퍼린 - The Best of Bobby McFerrin

컴퓨터 기술이 눈부시게 발전하는 요즘이지만 예술을 표현하는 가장 물리적인 근본은 여전히 사람의 몸입니다. 퍼포먼스 예술가라면 누구나 한번쯤 관심을 가져보았을 알렉산더 테크닉Alexander Technique이나 현대무용과 현대극에서 나타나는 무수히 다양한 몸짓 언어가 바로 이것을 증명하고 있지요. 오늘 소개할 '바비 맥퍼린Bobby McFerrin'은 신체를 통해 음악적 표현을 시도하는 아티스트로 잘 알려져 있습니다.

그가 우리에게 보다 친숙해진 계기는 1992년 첼리스트 '요요마Yo-Yo MA'와 함께한 앨범 〈Hush〉였습니다. 요요마의 첼로와 바비 맥퍼린의 스캣이 함께한 'Flight of the Bumblebee(왕벌의 비행)'나

'Don't Worry Be Happy'는 이 앨범의 제목이나 바비 맥퍼린의 이름을 알지 못하는 사람이라도 한번쯤 들어보았을 정도로 유명해졌지요. 저도 중학생 시절 이 앨범을 듣고 무척 놀랐습니다. 목소리를 악기처럼 연주하고 몸 이곳저곳을 타악기처럼 두드리는 그의 퍼포먼스를 보면서 음악을 이렇게 표현할 수도 있구나 싶었습니다. 테크닉 또한 현란해서 이 사람은 얼마나 연습을 했을까 감탄을 연발했습니다.

바비 맥퍼린의 진가는 이후 더욱 빛을 발합니다. 1995년 발표한 앨범 〈Paper Music〉에서 보컬리스트이자 체임버 오케스트라의 지휘자로서 나선 것이지요. 당시 청바지와 캐주얼한 옷차림으로 오케스트라를 지휘하고 목소리로 즉흥 연주를 하던 모습은 상당한 파격이었습니다. 또, 재즈 피아니스트 '칙 코리아Chick Corea'와 함께 모차르트의 곡을 해석하는 등 고전음악을 새로이 해석하는 작업 역시 보여주었지요. 2002년에 발표한 〈Beyond Words〉와 2010년의 〈VOCAbularies〉는 장르의 경계를 허무는 동시다발적인 작업과 함께, 언어에 대한 끊임없는 고민이 생생히 드러난 바비 맥퍼린의 대표 앨범입니다.

바비 맥퍼린의 음악이 아카펠라나 재즈 정도로 단순하게 소개되는 현실이 저는 못내 안타깝습니다. 왜냐하면 그의 음악적 활동과 철학은 그보다 훨씬 더 넓은 영역을 아우르기 때문입니다. 그의 음악은 우리가 갇혀 있는 틀을 하나씩 열고 더 자유로운 상상을 하게 만듭니다. 그리고 그 지점에 우리가 어렵지 않게 다가설 수 있게 도와주지요. 음악적 표현이 철학을 자연스럽게 따라가게 되었다고 할까요. 그렇기에 신체를 이용한 자유로운 표현과 상상 또한 테크닉이라기보다는 예술적 비전의 산물이었을 겁니다. 오늘은 블루노트에서 발매된 그의 1996년 앨범 〈The Best of Bobby McFerrin〉을 들어봅니다.

Don't Worry Be Happy
공식 뮤직비디오

바흐를 들을 수 있는 마음을 가지려

글렌 굴드 - 바흐 : 이탈리안 협주곡, 파르티타 1&2

초등학교 시절, 음악시험 시험지에서 '음악의 아버지는 누구일까요?' 하는 문제를 만나보셨겠지요. 클래식 음악을 즐겨 듣지 않는 이들도 자연스럽게 떠올릴 법한 이 문제의 정답은 다들 아시듯 '요한 세바스티안 바흐Johann Sebastian Bach'입니다.

누구나 한번쯤은 피아노학원에 다니던 세대가 있었습니다. 《바이엘》에 《체르니》를 거쳐 《바흐 인벤션》이라는 책을 연습한 기억을 가진 분도 적지 않겠지요. 제가 살던 동네에는 이런 피아노학원뿐 아니라 주산학원이며 미술학원이 유행했고, 저도 어머니 손을 잡고 이런 학원에 다닌 기억이 납니다. 하지만 돌이켜보면 미술학원에서의 기억은 국경일마다 열리던 포스터 대회를 급히 준비하던 기억뿐입니다. 피아노학원에서도 마찬가지였습니다. 《바흐 인벤션》이 너무 어려워 학원 시절이 끝난 후에도 '바흐는 어려운 음악을 만든 서양 위인이구나' 하는 정도로만 생각했습니다. 당시 피아노학원 선생님께서는 '《바흐 인벤션》은 머리가 좋아야 칠 수 있는 곡'이라고 말씀하셨죠. 지금 생각해보면 이해가 가지 않지만요.

이러한 제게 다시 바흐를 듣게 한 피아니스트가 있습니다. 제가 어릴 적 느끼고 배운 바흐에 대한 생각을 완전히 전복시킨 한 장의 앨범이 있었지요. 바로 피아니스트 '글렌 굴드', 그리고 그가 1959년 뉴욕에서 녹음한 〈바흐: 이탈리안 협주곡, 파르티타 1&2 Bach: Italian Concerto, Partitas Nos. 1&2〉입니다.

1932년에 캐나다에서 태어나 1982년 타계한 글렌 굴드는 전통적 낭만주의적 연주를 거부하고 20세기 현대음악가들에게 영향받은, 특유의 미니멀한 연주방식을 통하여 이전과는 상이한 바흐를 연주했습니다. 항상 지니고 다니던 의자에 앉아 몸을 낮춘 구부정한 자세로 클래식 레퍼토리를 연주하는 그의 모습은 지금까지도 찾아보기 힘든 파격 그 자체였습니다. 대부분의 클래식 피아니스트와 달리 젊은 시절 라이브 콘서트를 중단하고 말년까지 오직 레코딩을 통해 온전한 음악을 들려주고자 하기도 했지요.

이러한 고집과 레코딩은 독창적이고 순수한 음악과 소리를 재현하려 한, 그의 남다른 집착과 노력을 잘 보여줍니다. 글렌 굴드의 개성 있는 연주 스타일과 함께 자신만의 사운드 또한 그의 트레이

글렌 굴드의 연주를 듣고 피아노라는 악기를 사랑하게 되었습니다.

드마크가 되었지요. 녹음 현장에서 멜로디를 따라 입으로 읊조리는 소리를 비롯해 의자의 삐걱거림, 주위의 소음 등을 모두 담은 그의 레코딩은 지금도 누군가에게는 낯설게 들릴지 모릅니다. 하지만 바흐를 해석한 수많은 피아니스트의 음반 중 듣는 이의 마음을 움직이는 최고의 명반임이 분명합니다.

언젠가 세월이 흐른 뒤에 제 아이에게도 꼭 이 음반을 들려주고 싶습니다. 만약 아이를 동네 피아노학원에 보내게 된다면 '바흐 인벤션'을 남들만큼 잘 치지 못하더라도, 그래서 선생님에게 자주 혼이 나더라도, 그보다는 바흐의 음악을 들을 수 있는 마음을 지닌 아이가 되어주었으면 싶습니다. 그때가 되면 녀석에게 오늘의 이 글을 한번 읽어주어야겠습니다.

11월의 소리

그레첸 팔라토 - The Lost and Found

일 년 중 가장 매력적인 달은 바로 11월이 아닐까요. 본격적인 연말 분위기가 시작되기 전의 설렘을 간직한 달이면서 가을다움을 한껏 뽐내는 달이니까요. 제가 사는 부산 해운대에도 바다 내음을 간직한 찬바람과 아침 햇살이 가을 정취를 더해줍니다. 그래도 11월의 아름다움은 서울이 으뜸이지요. 서울에는 산책할 곳이 마땅치 않다고 항상 투덜대는 저도 11월이면 시내 곳곳에서 산책을 즐기곤 합니다. 이렇게 산책을 할 때면 재즈 음악, 특히 여성 보컬의 음악을 빼놓을 수 없겠지요. 이맘때면 카페와 레스토랑에서도 종종 여성 재즈 보컬리스트의 음악이 들려옵니다.

1976년 미국 캘리포니아 주에서 태어난 '그레첸 팔라토Gretchen

Parlato'는 최근 여성 재즈 가수들 중에서도 가장 돋보이는 음색을 지녔습니다. 그녀의 재능은 2001년, 현존하는 재즈 교육기관 중에서도 가장 명성이 높은 '셀로니우스 몽크 재즈음악원Thelonious Monk Institute of Jazz Performance'에 합격하면서 본격적으로 빛을 발했습니다. 오늘 소개할 앨범은 그레첸 팔라토가 2011년 발표한 〈The Lost and Found〉입니다. 유럽과 미국의 유명 어워드와 비평지에서 서른 번이 넘게 찬사를 받으며 세계적인 명성을 얻은 앨범이지요. 고전 레퍼토리로 채워진 상당수의 재즈 음반과는 달리 이 앨범은 익숙한 고전 재즈와 그레첸 팔라토의 자작곡과 같은 오리지널 곡이 동시에 수록되어 있습니다. 21세기 흑인음악계의 천재 뮤지션 '로버트 글래스퍼Robert Glasper'가 건반과 프로듀싱, 작곡, 편곡을 맡았습니다. 유명한 작곡가이자 베이스 연주자인 '데릭 호지Derrick Hodge'가 베이스를, '켄드릭 스콧Kendrick Scott'이 드럼 연주와 편곡을 맡았습니다. 모두 '음반가게' 칼럼을 통해 소개했거나 앞으로 소개할, 재즈신에서 독보적인 아티스트들입니다. 그레첸 팔라토의 독특한 음색은 물론, 지금 뉴욕 재즈신을 이끄는 가장 멋진 뮤지션들과의 협업이라니! 누가 들어도 반할 수밖에 없을 겁니다.

그중에서도 저는 'Holding Back the Years'와 'better than'을 추천하고 싶습니다. 두 곡 모두 우리가 흔히 들어온 스윙이나 발라드가 아니에요. 그럼에도 마치 "자, 보라고! 여성 재즈 보컬을 이렇게 멋지고 색다르게 풀어낼 수 있어!" 하고 외치듯 듣는 이를 사로잡습니다.

이쯤 되면 여러분도 이 앨범이 무척 궁금해질 텐데요. 저도 내일 부산으로 돌아가기 전, 이 음반을 들으며 아침의 서울을 걸어보려 합니다. 자, 부산이든 서울이든 혹은 다른 어느 곳이든 같이 이 앨범을 들으면서 11월의 가을을 만끽해보면 어떨까요.

침묵의 선율

크레메레타 발티카 - Silencio: Pärt, Glass & Martynov

대학생 시절 바이올린이라는 악기에 심취한 적이 있습니다. 바이올린 연주자의 앨범을 사 모으고, 학생 신분으로는 상당히 부담스러웠던 티켓 값을 지불하고, 유명 연주자들의 공연을 보러 가기도 했지요. 저를 이 매혹적인 악기에 빠져들게 한 주인공은 바로 바이올리니스트 기돈 크레머입니다.

1947년 라트비아 공화국에서 태어난 기돈 크레머는 1970년 차이콥스키 콩쿠르에서 1위를 차지하면서 세계적인 바이올리니스트의 반열에 올랐습니다. 비발디와 바흐 같은 고전부터 벨라 바르톡과 아스토르 피아졸라 등 20세기의 작곡가들까지…… 그의 음악적 시선은 정말이지 광범위합니다. 여러 유명 바이올리니스트 중에서도 그에게 깊이 매혹된 이유이지요.

1997년 기돈 크레머는 '크레메레타 발티카Kremerata Baltica'라는 이름의 체임버 오케스트라를 조직합니다. 에스토니아와 라트비아, 리투아니아 등 발틱 국가 출신의 젊은 연주자로 구성된 오케스트라입니다. 이들의 음반과 활동은 기돈 크레머의 폭넓은 음악적 스펙트럼만큼이나 다채롭고 흥미롭습니다. 내한공연으로도 잘 알려진 '슬라바 폴루닌Slawa Polunin'의 〈스노우쇼Snow Show〉에서도 이들의 연주를 들을 수 있지요. 2002년 발매된 앨범 〈Happy Birthday〉에서는 누구나 아는 생일축하 노래를 이토록 아름다운 클래식 선율로 바꾸어놓다니 하고 감탄하게 됩니다.

오늘 소개할 앨범은 크레메레타 발티카가 2000년 발표한 〈Silencio: Pärt, Glass & Martynov〉입니다. 앨범 제목을 보자마자 들을 수밖에 없는 음반이었습니다. '침묵Silencio'이라는 제목 아래 아르보 파르트, 필립 글래스, 블라디미르 마르티노프 등 세 작곡가의 음악을 크레메레타 발티카 오케스트라가 에리 클라스Eri Klas의 지휘하에 연주하다니! 아르보 파르트는 미니멀리즘을 대표하는 현대음악 작곡가 중 한 사람이고 필립 글래스 역시 영화 〈디 아워스〉로 우리에게 친숙한 영화음악가이자 현대음악을 대표하는 거장으로 알려져 있지요. 두 사람의 음악을 한 앨범에서 만날 수 있다는 것만으로도 눈과 귀가 번쩍 뜨이지요.

그러나 이 앨범에서 가장 빛나는 트랙은 러시아의 작곡가 블라디미르 마르티노프의 음악들입니다. 구소련의 아방가르드 음악을 추구한 젊은 신진 작곡가였던 블라디미르 마르티노프는 체임버 음악과 콘체르토로도 잘 알려져 있습니다. 기돈 크레머와 크레메레타 발티카는 그의 음악을 'Come in!: Movement'라는 제목 아래 총 여섯 곡으로 이 음반에서 선보입니다. 아방가르드나 현대음악 같은 단어가 무색할 만큼, 아름답고 감미로운 트랙입니다. 제 겨울의 아침을 여는 음악이기도 하답니다.

크레메레타 발티카
공식 페이지

테크놀로지를 듣다

알바 노토 - Xerrox

반드시 전문가가 아니더라도 곡을 창작하는 과정이 가능한 시대가 되었습니다. 컴퓨터 및 음악을 만드는 프로그램이 발달한 덕택이겠죠. '미디' 혹은 '컴퓨터 음악'이란 용어도 이제는 낯설지 않습니다.

어린 시절, 지금처럼 컴퓨터가 첨단화되지 않았을 때 동네 컴퓨터학원에 다닌 적이 있습니다. 그때는 윈도우조차 존재하지 않았지요. 주위에 '대우 아이큐 2000'을 가진 친구를 보면 부러움을 넘어 감탄을 금치 못했습니다. 학원에 다니면서 구구단 계산 프로그램과 간단한 게임 등을 '순서도'라는 것을 통해 만든 기억도 생생합니다. 지금 보면 말도 안 되는 지뢰게임을 처음 완성했을 때의 뿌듯함도요.

유학 시절, 뉴욕 대학교에서 새로운 음악 프로그램에 대한 수업을 듣고 한동안 깊이 빠져 있었습니다. 하지만 제게 그 프로그램들은 너무나 어렵기만 했습니다. 말하자면 컴퓨터학원에서 만든 구구단 프로그램처럼 순서도를 만들어 작곡하는 작업이었거든요. '음'과 '박자'가 있는 시간의 예술이 바로 음악이라고 너무나 당연하게 여기던 제게 오선지도 박자, 악보 기호도 없이 논리의 흐름만을 통해 소리를 만들라니, 그때까지의 삶에선 존재조차 하지 않던 낯섦 그 자체였지요. 하지만 창작을 하는 사람으로서 그동안 나 자신이 얼마나 닫혀 있었는지 반성하는 계기가 되기도 했습니다. 다양한 장르를 바라보는 시선이 생긴 것도 바로 이때부터였습니다. 오늘 소개하는 아티스트 역시 무척이나 낯선 음악 언어로 노래하는 사람입니다. 바로 도이칠란트 출신의 아티스트 '알바 노토Alva Noto'의 앨범 〈Xerrox〉입니다.

알바 노토의 본명은 카슨 니콜라이Carsten Nicolai입니다. 그는 사람들에게 사운드 아티스트 혹은 노이즈 아티스트로 불립니다. 테크놀로지를 이용해 기존의 소리를 전통적 음악 형식과는 다른 독특한 화성과 리듬 체계를 가진 새로운 음악으로 만들어내기 때문입니다. 〈Xerrox〉는 현재 볼륨 1부터 볼륨 3까지, 석 장이 공개된 연작 시리즈이고 해체와 융합 그리고 재창조라는 일련의 주제를 이어가는 콘셉트 앨범입니다. 짧은 소리를 끊임없이 복제하고 치환

하고 변형하는 그의 작곡 방식은 현대음악이 지닌 역사를 녹여내는 동시에 미래 음악에 대한 비전을 제시합니다. 시리즈가 계속되며 일상의 소리와 음악 사이의 경계를 뒤흔들지만, 오히려 듣는 이의 마음속에는 더욱 선명한 이미지를 남기지요.

이러한 작업들은 자칫 실험을 위한 실험인 듯 보일 수도 있습니다. 그러나 그의 음악이 지닌 짙은 호소력과 뛰어난 완성도는 이러한 우려를 무색하게 만들어버립니다. 시각적 이미지를 연상시키는 짜임새 있는 구성과 차가운 기계음 사이사이 배어나는 아날로그 감성은 정말이지 매력적입니다. 마이클 니먼Micheal Nyman이나 류이치 사카모토Ryuich Sakamoto와 같은 세계적인 작곡가들이 그와의 협연을 희망하는 까닭이겠지요.

앨범 미리 듣기

마니아를 위한 영화음악

라민 자와디 - 퍼시픽림 사운드트랙

'이 영화를 레이 해리하우젠과 혼다 이시로에게 헌정한다.'

기예르모 델 토로 감독의 영화 〈퍼시픽림〉의 크레딧입니다. 이 문구가 지나고 영화관의 불이 모두 켜졌는데도 한참 동안 먹먹한 마음에 자리를 뜰 수가 없었습니다. 한여름 으레 개봉하는 할리우드 블록버스터에 왜 이렇게 감동했느냐고요?

우선 기예르모 델 토로 감독이 언급한 레이 해리하우젠Ray Harryhausen은 할리우드의 제작프로듀서로, 특수효과의 거장입니다. 1977년 발표된 〈신밧드의 대모험〉을 비롯해 할리우드 괴수물을 디자인하고 만든 크리에이터이자 미술가였지요. 컴퓨터 그래픽 기술 이전의 스톱모션을 이용해 만든 그의 작품들은 이후 괴수물과 로봇, SF

영화의 근간을 마련했다고 해도 과언이 아니지요. 2013년 세상을 떠난 후 스타 감독들이 그를 추모해 화제가 되기도 했습니다. 그리고 다른 한 명, 혼다 이시로는 구로사와 아키라 감독과도 작업을 같이한 일본영화를 대표하는 거장입니다. 그 유명한 전설의 괴수 '고질라 시리즈'를 탄생시킨 주인공이지요.

〈퍼시픽림〉은 이처럼 로봇 블록버스터의 외양을 하고 있지만, 그 중심은 기존의 블록버스터와는 상당히 다른 곳을 향해 있습니다. 바로 마니아의, 마니아에 의한, 마니아를 위한 영화라는 것입니다. 하위문화로 일컬어지던 소위 '오타쿠 문화'의 '로망'이 현대 테크놀로지를 통해 드디어 눈앞에서 실현되는, 판타지의 결말이자 꿈의 충족인 것이죠. 이 영화의 비주얼과 미술은 제임스 카메론 감독의 〈아바타〉 이후 할리우드 블록버스터 중 단연 최고라고 생각될 만큼 놀라웠습니다. 사실, 이 영화가 〈아키라〉와 〈공각기동대〉, 〈에반게리온〉 등 일본 괴수영화에 대한 집념을 보여준다는 점은 그다지 중요한 일이 아닐지도 모릅니다. 다만 중요한 것은 그 마니아적인 감성이 이렇게 미래의 어느 날 훌륭한 테크닉과 소통의 방식을 통해 많은 사람이 공감할 수 있게 되는 것, 그리고 그 꿈을 실현한 작품을 만나는 기쁨이겠지요. 이 영화의 영화음악이 지금까지 머릿속에 맴도는 것도 당연한 일인지도 모르겠습니다.

영화만큼 강렬한 영화음악, 〈퍼시픽림〉 사운드트랙의 음악감독은 '라민 자와디Ramin Djawadi'입니다. 자와디는 이란계 도이칠란트

인인 젊은 영화음악가입니다. 1974년 태어나 버클리 음악대학에서 수학한 그는 최근 할리우드 영화와 TV 시리즈에서 종횡무진 활약하고 있습니다. 블록버스터 하면 떠오르는 대표적인 뮤지션 한스 짐머Hans Zimmer와도 꽤 많은 협업을 보여주었는데요. 무엇보다 〈아이언맨 1〉과 〈아이언맨 2〉, TV 시리즈 〈프리즌 브레이크〉의 음악을 담당했습니다. 영화 〈퍼시픽림〉에서는 라민 자와디의 오리지널 스코어에 세계적인 그룹 '레이지 어게인스트 더 머신Rage Against the Machine'의 기타리스트 '톰 모렐로Tom Morello'가 가세했습니다. 록 마니아라면 '레이지 어게인스트 더 머신'의 대표곡 '킬링 인 더 네임Killing in the Name'의 기타 리프에 한번쯤 헤드뱅잉을 해보셨을 테지요. 더불어 싱어송라이터인 '프리실라 안Priscilla Ahn' 역시 게스트로 참여했습니다. 이들이 빚어내는 음악적 울림은 러시아 합창단을 비롯, 연주자만 100명이 넘는 대형 오케스트라가 함께하며 극대화됩니다. 할리우드 블록버스터다운, 사운드트랙의 클리셰는 여전합니다. 그러나 오랜만에 진정 음악이 들리는 경험을 하게 되었습니다. 저마다 개성 뚜렷한, 각 장르의 뮤지션들이 〈퍼시픽림〉과 같은 전형적 블록버스터 사운드트랙에 녹아들어 선사하는 즐거움이 어떤 것인지 함께 들어보실까요.

또 다른 주인공, 음악

존 브라이언 - 이터널 선샤인 사운드트랙

벌써 12월입니다. 거리 곳곳의 크리스마스트리에 불이 켜지고 구세군의 종소리도 들려옵니다. 이렇게 12월이 되고 크리스마스가 다가오면 "시간 참 빠르네!" 하는 생각도 들고 한편으로는 사랑 영화도 한 편 보고 싶어집니다. 설마 저만 그런가요? 제게도 손에 꼽는 몇 편의 '인생 영화'가 있습니다. 그중 하나가 바로 영화 〈이터널 선샤인Eternal Sunshine of the Spotless Mind〉입니다. 제가 너무도 좋아하는 미셸 공드리Michel Gondry 감독이 연출을 맡고 찰리 코프먼이 각본을 썼지요. 그리고 짐 캐리와 케이트 윈슬릿이 주연을 맡았습니다.

다소 진부할 수 있는 사랑 이야기를 기억과 망각이라는 색다른 시각을 통해 접근한 이 영화는 마니아의 마음을 사로잡은 독특하고도 아름다운 영화입니다. 장면 대부분이 뉴욕과 보스턴 근처에서 촬영되었는데요, 그곳에 살고 있을 때 보아서인지 이맘때면 특히 생각나는 영화입니다. 연출과 각본은 말할 것도 없고 배우들의 연기 또한 훌륭해서 영화를 보는 내내 '이 사람이 내가 알던 짐 캐리가 맞나' 싶었습니다.

이 영화에는 빼놓을 수 없는 주역이 하나 더 있습니다. 바로 음악입니다. 이 영화의 오리지널 스코어들은 미국 출신의 뮤지션 '존 브라이언Jon Brion'이 맡았습니다. 가끔 영화음악 관련 인터뷰를 할 때면 반드시 언급할 정도로 좋아하는 아티스트입니다. 그는 영화 〈펀치 드렁크 러브Punch Drunk Love〉를 비롯해 〈매그놀리아Magnolia〉, 〈시네도키 뉴욕Synecdoche, New York〉 등의 영화음악 감독으로, 또 '루퍼스 웨인라이트Rufus Wainwright', '피오나 애플Fiona Apple' 과 같은 팝스타의 앨범 프로듀서로 다재다능함을 발휘하고 있습니다. 본인의 정규 앨범을 통해 자신만의 음악 세계 역시 꾸준히 보여주었고요.

그의 음악이 특히나 매력적인 까닭은 상당히 독특하고 도드라지는 그만의 음악적 색채를 넘치지도 부족하지도 않게 영화에 녹여냈다는 점입니다. 오리지널 스코어의 역할에 충실하면서도 존 브라이언의 개성을 유감없이 들려줍니다. 마치 영화감독와 뮤지션의 컬래버레이션을 보는 듯하죠. 특히 영화의 현대적이고 회화적인 요소에 음악의 시대를 마구 뒤섞으며 독특한 아름다움을 빚어냅니다.

'Theme', 'Peep Pressure', 'Phone Call' 등 존 브라이언의 메인 테마들은 정말이지 일품입니다. 조율되어 있지 않은 피아노와 어쿠스틱 베이스, 다양한 아날로그 효과 등이 어우러져 빈티지 감성의 절정을 보여주는 듯하죠. '폴리포닉 스프리Polyphonic Spree'의 'Light & Day'와 '일렉트릭 라이트 오케스트라Electric Light Orchestra'의 'Mr. Blue Sky' 등의 넘버는 1980~90년대 팝의 감성을 그대로 보여줍니다. 스크린라이터이자 재즈 뮤지션인 '돈 넬슨Don Nelson'이 들려주는 오래된 오리지널 레코딩 역시 매력적이고요. '벡Beck'의 목소리와 노랫말이 더없이 어울린 'Everybody's Gotta Learn Sometimes'는 존 브라이언의 테마들와 함께 이 영화를 영원히 기억하게 합니다.

존 브라이언의 다른 음악이 궁금하시다면 재즈 피아니스트 브래드 멜다우Brad Mehldau와 협업한 앨범도 추천합니다. 2002년 내놓은 〈라르고Largo〉와 2009년 앨범 〈하이웨이 라이더Highway Rider〉는 최정상 재즈 아티스트인 브래드 멜다우의 음악을 한 단계 새롭게 끌어올리는 존 브라이언의 놀라운 프로듀싱 감각을 보여줍니다. 미니멀한 실내악 편곡과 일렉트로닉과 락의 결합, 낡은 피아노와 거친 홈레코딩 등 실험을 이어가는 그의 음악은 다른 아티스트들과의 협업을 통해 더욱 빛을 발하고 있습니다.

느림의 에너지

파이브 리즌스 - In My Mind

날씨가 제법 쌀쌀해졌습니다. 아침에 거리를 나서면 코트나 점퍼를 입고 출근하는 사람들의 모습도 흔히 볼 수 있습니다. 가로수도 붉게 물들어가고요. 더위를 벗어난 선선함과 고즈넉한 풍경속에 맞이하는 가을은 산책하기 참 좋은 계절이지요.

예전 같으면 계절의 정서를 물씬 살리는 조용한 음악을 듣겠지만, 요즘은 발걸음과 닮은 음악을 찾게 됩니다. 말 그대로, 걷는 속도에 보조를 맞추어줄 수 있는 음악입니다. 사실, 작업을 할 때 저만의 비법(?)이 한 가지 있습니다. 바로 내가 걷는 속도와 지금 만드는 음악의 템포가 닮아 있는지 확인하는 것입니다. 무엇인가 생각할 수 있고 풍경과 사물을 충분히 둘러볼 수 있는 정도의 여유 있는 발걸음이면 가장 적당하지요. 오늘 같은 가을날은 평소보다 약간 느린 템포의 곡을 듣는 것도 좋겠지요. 오늘 소개하는 '파이브 리즌스5 Reasons'의 앨범 〈In My Mind〉는 장르로는 댄스 음악에 속합니다. 댄스 음악에 맞춰 산책이라니 너무 빠르거나 과할 것 같다고요? 하지만 파이브 리즌스의 음악은 일반적인 댄스 음악보다 훨씬 느린 템포를 가지고 있습니다. 이 느림이 파이브 리즌스의 일관된 개성이자 특징으로 다가올 만큼요.

더 신기한 것은, 이렇게 느린 템포로 끊임없이 활기찬 에너지를 준다는 것입니다. 그래서 파이브 리즌스의 음악을 들으며 걷다 보면 어느새 저도 모르게 꽤 먼 길을 왔음을 깨닫곤 합니다. 피트니스 센터에서 듣는 음악들이 흔히 그렇듯 움직일 수 있는 에너지를 선사하는 음악들은 무엇보다 속도가 빨라야 한다고들 생각하지요. 그런데 이것조차 우리의 편견일지도 모릅니다.

파이브 리즌스는 러시아 출신의 아티스트 '스타니슬라브 루코야노프Stanislav Lukoyanov'의 1인 프로젝트입니다. 힙합 언더그라운드 프로듀서를 시작으로 누디스코Nu-disco와 솔이 적절히 어울린 음악을 선보이고 있는데요. 2013년에 데뷔 싱글을 선보인 그의 나이가 열여섯 살이라고 하니 실로 놀라운 재능을 타고난 아티스트입니다. 게다가 여유로운 느림과 서정을 가진 파이브 리즌스의 댄스 음악에서는 어떤 관록마저 느껴집니다. 오늘은 그의 음악과 함께 느리고 여유 있는, 하지만 활기찬 걸음으로 이 계절을 만끽해볼까요.

아티스트로 산다는 것

미셸 은디지오첼로 - Bitter

나이 든다는 것은 어떤 의미를 가질까요. 저는 자신의 의지로 변화 가능한 영역을 명확하게 알아가는 과정이라고 생각합니다. 반대로 말하자면, 자신의 의지로 절대 변화시킬 수 없는 영역이 무엇인지를 또렷하게 알아가는 것이겠지요. 현실의 직시란 바로 이 두 영역의 경계를 이해하는 것이 아닐까요. 그렇기에 '살아간다는 것'을 알게 되면서도 한편으로 좌절감이 맴돌기도 합니다.

'미셸 은디지오첼로Meshell Ndegeocello'의 음반을 들으면 삶의 직시 속에서 조용하지만 묵직하게 걸어가는 한 예술가의 걸음이 느껴집니다. 그 발소리가 무척이나 또렷하고 명확합니다. '삶을 정면으로 응시한다'는 표현이야말로 미셸 은디지오첼로의 음악을 가장 단적으로 보여주는 말입니다.

그녀는 1968년 베를린에서 태어나 미국에서 자라고 활동해온 음악가입니다. 작곡가이자 보컬리스트, 훌륭한 베이스 연주자이면서 래퍼인 그녀는 R&B와 힙합, 레게, 록 등 전 장르가 어울린 음악을 선보이고 있습니다. 앨범마다 그 색깔이 확연히 달라지며 끊임없이 변화하고 있기도 하지요.

이러한 그녀의 음악은 팝에 광범위한 영향을 선사했습니다. 심지어 네오 솔Neo soul의 태동에 본격적인 불을 지폈다는 평가도 받고 있지요. 양성애자 커밍아웃과 유명 페미니스트 작가와의 열애 등 그녀를 둘러싼 크고 작은 소식들이 마치 가십처럼 등장하지만, 음악 속에서 그녀의 진가는 늘, 반드시 빛을 발합니다. 입이 떡 벌어지게 만드는 테크닉으로 베이스를 연주하며 노래하던 그녀의 데뷔 무대는 미국 팝 역사상 가장 독특한 여성 뮤지션의 등장으로 남을 것입니다. 동시에 여성 싱어송라이터에 대한 세상의 고정관념을 뒤흔드는 계기가 되었지요. 미셸 은디지오첼로는 이렇게 팝의 역사를 이야기할 때 중대한 지점에 항상 존재합니다.

오늘은 그녀가 1999년 발표한 세 번째 앨범 〈Bitter〉를 소개합니다. 미셸 은디지오첼로 최고의 앨범은 아니더라도, 그녀의 음악을 처음 듣는 이에게 꼭 권하고 싶은 앨범입니다. 음반을 걸고 나면 앉은 자리에서 전체를 들을 만큼 구성이 뛰어나거든요. 다소 낯선 그녀의 개성이지만 잘 짜인 구성 안에서라면 더없이 친근합니다. 그래서 운전을 하면서도, 책을 읽으면서도 편안하게 들을 수 있지요. 그중에서도 'Satisfy'는 친숙한 멜로디인 척 다가오지만 이면의 화성과 리듬이 범상치 않은, 재미있는 트랙입니다. 이 음반 전체가 그러하듯 말이지요.

미셸 은디지오첼로
공식 홈페이지

미래 음악

제러미 엘리스 - Unlike Any Other

'달인'이라는 말이 있습니다. 자신의 분야에 통달한 사람들을 가리키는 말이지요. 저는 어째서인지 '고수'나 '전문가', '명인'보다 '달인'이라는 말이 더 좋습니다. 흔하지만 주목받지 못했던, 우리 주위의 분야들을 새롭게 보게 되는 신선함 때문이겠지요. 우주여행을 통해 새로운 행성을 발견하거나 줄기세포 치료법을 개발하는 사람들을 달인이라고 부르면 영 어색할 테니까요.

오늘 소개할 '제러미 엘리스Jeremy Ellis'는 '달인'이라는 표현이 참 잘 어울리는 아티스트입니다. 미국 미시간 주 디트로이트 출신의 라이브 일렉트로닉 뮤지션이자 프로듀서인 제러미 엘리스는 특히 뛰어난 '비트메이커beatmaker'입니다. 그리고 손가락 드럼 연주의

'달인'이자 '선구자'이고요. 흔히 전자음악으로 번역되는 일렉트로닉 뮤직은 익숙하지만 라이브 일렉트로닉 뮤직은 무엇인지 궁금하다면, 혹은 '손가락으로 드럼을 연주한다고?' 하며 고개를 갸우뚱하고 계신다면 유튜브에서 그의 손가락 드럼 연주finger-drumming 동영상을 한번 보시길 권합니다.

손가락 드럼의 원리는 이렇습니다. 예전 마칭밴드나 군악대 행진에서 보던 큰북과 작은북 등의 타악기를 한 사람이 연주할 수 있도록 고안한 것이 대중음악의 드럼이지요. 그래서 정확히는 이를 '드럼 킷drum kit' 또는 '드럼 셋drum set'으로 부릅니다. 그리고 기술의 발달과 함께 새로운 입력장치 형태로 탈바꿈한 것이 손가락 드럼입니다. 이러한 콘트롤러controller나 패드pad 장치는 단순히 아날로그에서 디지털로 변환되는 기술적 진보 혹은 실제 악기를 대신하는 도구에서 그치지 않습니다. 오히려 이를 넘어 라이브 연주와 작곡의 새로운 세계와 틀을 열어줍니다.

제러미 엘리스가 연주하는 손가락 드럼은 바둑판과 비슷합니다. 바둑판보다 면적은 넓어지고 칸은 줄어든 미니 바둑판이라고나 할까요. 각각의 칸이 큰북, 작은북 등 여러 드럼의 소리를 대표하고 있어서 손가락으로 누르며 실시간 연주가 가능하지요.

제러미 엘리스의 라이브는 한마디로 놀랍습니다. "과연 이런 것이 실제 드럼의 연주보다 장점이 있을까?" 하는 의문이 무색할 정도로요. 오늘 소개할 그의 2011년 앨범 〈Unlike Any Other〉는 새로운 드럼패드와 콘트롤러 등의 출시와 함께 그가 선보여온 음악 세계를 담은 앨범입니다. 열 손가락만으로 연주하는 그의 기술적 경지도 대단하지만, 더 놀라운 것은 화려한 리듬과 그루브로 충만한, 색깔 있는 음악이겠지요.

제러미 엘리스
퍼포먼스 보기

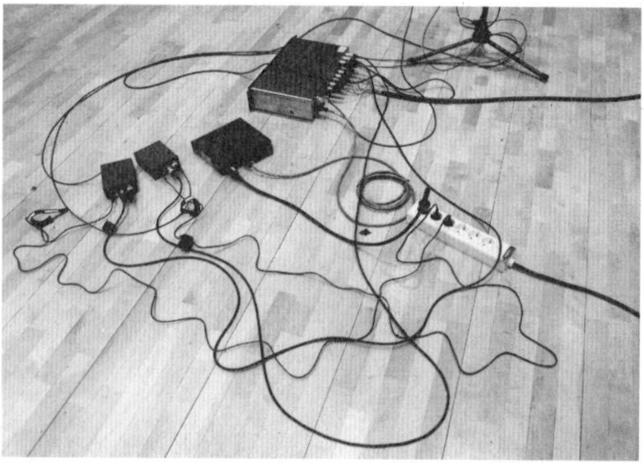

첨단기술과 아날로그가 음악 속에서 어우러집니다.

낯선 그리움

아이 엠 로봇 앤드 프라우드 - Touch/Tone

어느덧 일렉트로닉 음악도 국내에서 대규모 페스티벌이 열릴 정도로 익숙한 장르가 되었습니다. 하지만 클래식과 재즈, 팝의 오랜 역사와 비교해 생각해볼 때 최근의 음악 장르인 것만은 분명합니다. 테크놀로지의 발달과 가장 밀접한 연관을 맺고 있으며, 점점 다양한 장르를 흡수해 진화를 거듭하는 과정에 있기도 하고요. 그렇게 오늘의 일렉트로닉 음악은 단순히 클러빙이나 춤을 추기 위한 음악이 아닌, 미래지향적인 음악으로 자리 잡았지요.

그래서일까요. 일렉트로닉 음악은 과거나 추억, 향수 같은 단어와 멀게 느껴지기도 합니다. 특히나 LP 레코드를 모으고 '워크맨'으로 음악을 듣던 세대라면 영원히 공유할 수 없는 어떤 거리감을 가질 수도 있겠군요. 하지만 오늘 소개할 '아이 엠 로봇 앤드 프라우드I Am Robot and Proud'의 음악은 가장 앞선 일렉트로닉 음악인 동시에 추억을 자극하고 향수를 불러 일으키는 독특한 매력을 지니고 있습니다.

중국계 캐나다인인 '쇼 한 리엠Shaw-Han Liem'의 원맨밴드인 '아이 엠 로봇 앤드 프라우드'는 2001년 데뷔 앨범 〈The Catch〉와 2003년 정규 앨범 〈Grace Days〉 등을 내놓으며 본격적으로 음악을 선보이기 시작했습니다. 쇼 한 리엠은 로얄 콘서바토리Royal Conservatory of Music에서 클래식 피아노를 공부했고, 컴퓨터 사이언스로 학위를 취득하며 다양한 장르와 소통하기 시작했습니다. 특히 플레이스테이션 게임인 〈사운드 셰이프Sound Shape〉를 개발한 크리에이터 중 한 사람이기도 합니다. 〈사운드 셰이프〉는 스테이지를 끝내면 음악이 완성되는 독특한 게임으로 마니아의 시선을 끌었습니다.

'아이 엠 로봇 앤드 프라우드'라는 이름은 우리에게도 익숙한 '데즈카 오사무' 감독의 〈철완 아톰鐵腕アトム〉의 영향을 받은 것이라는 이야기가 있습니다. 그의 소년적인 감성이 음악에도 그대로 반영되어 있습니다. 1980년대 오락실의 게임기에서 들려올 법한 전자음이며 가정용 게임기 세대에게 익숙한 아기자기한 기계음은 일렉트로닉 음악에 익숙지 않던 세대에게도 향수를 느끼게 합니다. 그러면서도 뉴욕현대미술관MOMA에서 열린 미국의 미니멀리즘 조각가 리처드 세라Richard Serra의 인스톨레이션에서 그의 음악이 선보였을

정도로 현대적인, 일종의 양면성을 보여줍니다. 추억의 만화영화를 보고 추억의 게임기를 체험하는 듯하지만, 실은 첨단 유행의 한가운데에 선 음악이라면 적당한 비유가 될까요.

오늘은 '아이 엠 로봇 앤드 프라우드'의 2013년 앨범 〈Touch/Tone〉을 추천합니다. 한 장의 앨범에 밀도 있게 녹아든 첨단 음악의 향연과 아날로그의 향수가 이 음반을 자꾸만 다시 걸게 합니다.

아이 엠 로봇 앤드 프라우드
공식 홈페이지

예술을 만드는 사람들

오케이고 - 180/365

중국의 세계적인 작가 위화余華가 쓴 소설《허삼관매혈기許三觀賣血記》가 국내에서 영화 〈허삼관〉으로 제작되고 있습니다. 하정우, 하지원 두 배우가 주연을 맡고 하정우가 직접 연출하는 이 영화는 지금(2014년 7월) 한창 촬영 중입니다. 저는 이 영화의 음악감독을 맡게 되었지요. 매주 촬영장에서 집으로 극비리에(!) 배달되는 촬영본을 기다리는 것이 요즈음의 낙입니다. 이런 기대감과 더불어 촬영 분량을 반복해 볼 때마다 고민 또한 쌓여갑니다. 이미 합의된 방향을 수정하기도 하고요. 더 좋은 아이디어는 없는지, 이 음악이 최선인지 자꾸만 고민하게 됩니다. 개성과 아이디어가 빛나면서도 좋은 멜로디를 가진 음악이 꼭 필요하거든요.

이런저런 고민을 하던 지난 주말, 해운대에 위치한 '영화의전당'에서 파올로 소렌티노 감독의 영화 〈그레이트 뷰티La Grande Bellezza〉를 보았습니다. 익숙하면서도 상당한 개성을 뽐내는 음악도 음악이지만, 영화 전체가 제게는 한 편의 문학이나 현대미술 퍼포먼스처럼 느껴졌습니다. 이 감독은 어떻게 이토록 방대하고 다양한 장르에 조예가 깊을 수 있을까 하는 놀라움이 끊이지 않았습니다. 파올로 소렌티노 감독이 시와 소설을 써도, 그림을 그려도, 심지어 음악을 만들어도 멋질 것만 같았습니다.

그러고 보면 자신의 분야에 국한되지 않고 다른 장르에도 깊은 안목을 가진 아티스트들이 많습니다. 요즘은 이것이 아티스트의 또 다른 개성이자 시그니처Signature가 되기도 하지요. 저도 그런 아티스트를 알고 있습니다. 바로 오늘 음반가게에서 소개할 미국의 록밴드 '오케이고OK Go'입니다.

1998년에 결성된 이들은 2007년 'Here It Goes Again'의 뮤직비디오로 '그래미상 베스트 뮤직비디오 부문Grammy Award for Best Music Video'을 수상했습니다. 뮤직비디오로 잘 알려진 팝 아티스트는 수도 없이 많지만, 이들만큼 차원이 다른 뮤직비디오를 꾸준히 선보여온 아티스트는 없을 것입니다. 이들의 뮤직비디오는 도미노를 이용하기도 하고, 자동차로 질주하며 악기를 연주하기도 합니다. 수십 명의 마칭밴드가 등장해 자신들의 곡을 리메이크하기도 하지요. 오랜 계획과 리허설 끝에 이 같은 영상을 처음부터 끝까지,

끊김 없이 단번에 촬영하기도 한다는군요. 심지어는 유명 아티스트의 라이브로 유명한 미국의 '엔피알NPR 라이브'에서도 여러 공간에서 직접 연주 편집한 라이브를 선보임으로써 그들만의 개성을 뽐냅니다.

이런 그들의 비디오는 단순히 참신함과 기발함을 뛰어넘어 그들만의 시그니처가 되었고, 오케이고가 만드는 또 하나의 예술이 되고 있습니다. 그중에서도 2011년 라이브 앨범 〈180/365〉의 음악과 뮤직비디오를 권합니다. 가끔은 음악보다 뮤직비디오가 이들의 유명세에 영향을 미치는 게 아닐까 싶을 때도 있지만, 이 앨범은 오케이고가 과연 멋진 음악을 만들어내는 밴드였음을 증명합니다. 지금까지 발표된 오케이고의 음악세계를 매력적인 멜로디와 편곡으로 풀어내는 것이지요. (이 에너지는 과연 언제까지 계속되는 것일까요!) 'Upside Down & Inside Out', 'The Writing on the Wall', 'I won't let you down' 등의 대표 뮤직비디오는 이들의 비디오가 어떤 경지를 넘어서지 않았나 생각하게 하지요. 착시현상과 무중력 상태, 대규모 군무를 이용한 원테이크 비디오는 지금까지 보아온 뮤직비디오를 무색하게 할 만큼 창의적이고 놀랍습니다.

Upside Down & Inside Out
공식 뮤직비디오

은은한 향기처럼 퍼지는

소미 - The Lagos Music Salon

여러분은 어떤 향수를 즐겨 쓰시나요. 요즘은 하나의 제품에 국한되지 않고 팔레트에 물감을 섞어 색깔을 만들 듯 여러 향수를 블렌딩해 사용하는 사람들이 늘고 있다고 합니다. 오늘 소개할 '소미Somi'가 바로 그런 아티스트가 아닐까 싶습니다. 그녀의 음악을 들을 때면 그녀만의 취향으로 블렌딩되어 공기에 은은히 퍼지는 향기를 맡는 기분입니다. 특히 올해(2014년) 발표된 앨범 〈The Lagos Music Salon〉을 듣고 있노라면, 한층 성숙해진 음악에 놀라 이 향기가 대체 어디에서 온 것일까 하고 궁금해집니다.

소미의 음악을 장르로 구분하자면 재즈일 텐데요, 여성 재즈 가수인 '그레첸 팔라토Gretchen Parlato'와 더불어 가장 독특하고 아름다운 목소리를 가진 보컬리스트로 소미를 꼽고 싶습니다. ⟨The Lagos Music Salon⟩에서 만나는 소미의 목소리는 첫 곡 'First Kiss: Eko Oni Baje'가 시작되자마자 주변 공기를 그녀만의 향기로 감쌉니다.

소미는 뛰어난 보컬리스트일 뿐만 아니라 곡도 쓰고 사진 앨범에 프로듀서로 참여하는 등 다재다능함을 뽐내는 아티스트입니다. 미국 일리노이 주의 샘페인 시에서 태어났지만 음악의 뿌리는 르완다와 우간다 등 아프리카 음악에 두고 있습니다. 그래서 소미의 음악은 미국의 팝이 아프리카 음악에 녹아들어 그녀만의 재즈로 재탄생한 듯 색다릅니다. 시카고 대학교에서 아프리칸과 인류학을 전공한 후 뉴욕 대학교의 티쉬 스쿨 오브 아트Tisch School of Art에서 수학한 이력에서 조금이나마 그녀의 내면을 엿볼 수 있는데요. 티쉬는 미술, 음악, 설치 등 장르의 경계를 넘어 가장 실험적인 예술 장인을 배출해온 뉴욕 대학교의 전공 중 하나입니다. 어디서 무엇을 배웠는지가 꼭 중요하지는 않지만, 이러한 경험이 그녀의 음악적 지향점을 어느 정도 대변할 것입니다.

공교롭게도 ⟨The Lagos Music Salon⟩과 앞서 언급한 그레첸 팔라토의 2011년 앨범 ⟨The Lost and Found⟩ 모두 엔지니어 데이비드 달링튼David Drlington이 믹스를 맡았습니다. 데이비드는 '푸디토리움'의 두 번째 앨범의 타이틀인 'Somebody'의 보컬 녹음을 맡아주었고, 트럼본을 비롯해 후반 녹음을 도와주었는데요, 그의 믹스가 소미의 멋진 음악을 만나 또 한 번 빛을 발합니다.

감성과 테크닉

빌리 차일즈 - Map to the Treasure: Reimagining Laura Nyro

이번 주(2015년 2월)에는 제57회 그래미상 시상식이 있었습니다. 해외 음악이 가요만큼 인기 있는 시대도 아니고, 워낙 유명한 아티스트들이 수상한다고 생각하면 큰 감흥 없이 지나가버리곤 하지만, 그래도 그래미는 음악 팬의 이목을 집중시키는 가장 큰 시상식이지요. 하나씩 세어보니 그래미의 수상 부문은 자그마치 모두 83가지나 됩니다. 얼핏 그 숫자만큼 다양한 장르의 다양한 음악이 있겠구나 싶습니다. 하지만 한 부문씩 찬찬히 살펴보면 이 숫자는 '장르의 다양함'이 아닌, '음악을 바라보는 여든세 가지 시선'에 더 가까워 보입니다.

잠시 짬을 내어 모든 부문의 그래미상 수상작들을 살펴보는 일이 재미있는 것도 그래서입니다. 아직은 낯선 해외 클래식과 재즈를 주로 다루며, 작곡과 편곡부터 레코딩에 이르기까지 음악이 만들어지기까지의 다양한 층위를 꽤나 거대하게 포용하고 있기 때문입니다. 각 부문을 살피다 보면 83개의 퍼즐 조각을 하나씩 맞추어 가는 기분도 듭니다. 이렇게 맞추어진 퍼즐은 더 큰 음악의 지도가 되지요.

물론, 그래미상 역시 정치적이고 상업적이라는 비판에서 완전히 자유롭지는 못합니다. 하지만 이러한 논의와 담론들 이전에, 그 기본을 바라보는 일도 참 중요하지요. 이것이 그래미를 즐기는 가장 흥미로운 팁이기도 하고요.

올해의 모든 수상작들이 멋지지만, 저에게 이중 한 부문을 꼽으라면 'Best Arrangement, Instrument and Vocals'를 꼽고 싶습니다. 우리말로 하면 '편곡상'에 해당하는 부문입니다. 올해는 '빌리 차일즈Billy Childs'의 'New York Tendaberry'가 이 상을 수상했습니다. 미국의 재즈 피아니스트로 잘 알려진 빌리 차일즈는 뛰어난 연주 실력뿐만 아니라 작곡과 편곡에서도 재능을 뽐내는 뮤지션입니다. 모든 장르를 녹여내는 거대한 용광로처럼 그만의 에너지 가득한 새로운 음악은 특유의 편곡 테크닉으로 듣는 이를 압도합니다.

특히 이 곡이 수록된 그의 2014년 앨범 〈Map to the Treasure: Reimagining Laura Nyro〉는 세상을 떠난 뛰어난 싱어송라이터 '로라 니로Laura Nyro'의 곡에 달아준 거대한 날개와도 같았습니다.

첼리스트 요요마, 소프라노 르네 플레밍Renee Fleming, R&B 보컬리스트 레디시Ledisi, 재즈 보컬리스트이자 베이스 연주자인 에스페란자 스펠딩 등 클래식과 팝, 재즈를 넘나드는 아티스트가 대거 참여해 빚어낸 음악은 아름다운 오케스트라를 연상케 합니다. 훌륭한 테크닉이 감성을 만나 만들어질 수 있는 이상적 결과물이란 바로 이런 음악이 아닐까요.

빌리 차일즈
공식 홈페이지

천재적인

안드레 메마리 - Ao Vivo no Auditório Ibirapuera

'천재적인'이라는 수식어가 붙는 아티스트가 있습니다. 천재적인 아티스트 하면 여러분은 누구를 떠올리시나요? 저는 얼마 전부터 브라질의 피아니스트이자 작곡가 '안드레 메마리'라고 주저 없이 대답하게 되었습니다.

고백하건대, 불과 얼마 전까지만 해도 안드레 메마리에 대해 알지 못했습니다. 그러다 작년에 영화 〈허삼관〉의 사운드트랙을 작업하며 함께할 오케스트레이터들을 수소문하던 중에 그를 처음 만났습니다. 어느 날 정규 앨범을 함께 작업한 '파비오 카도레'가 상파울루에 사는 친구 중 영화음악 작업에 딱 맞는 적임자가 있다며 메일을 보내왔습니다. "He is the top of Brazil!(메마리가 브라질의 톱이야!)"라고 말이죠.

지금껏 작곡과 편곡을 혼자 해온 저로서는 제 곡을 오케스트라 심포니로 발전시키는 편곡을 누군가와 함께한다는 것이 흥미진진하게 다가오는 한편, 긴장도 되었습니다. 그렇게 알게 된 메마리와 메일로 인사를 나누고 의견을 교환하고 일정을 정리하면서 석 달 동안 매일같이 메일과 작업물을 교환했습니다. 마지막 한 달은 하루 종일 부산과 상파울루를 오가는 메일과 스카이프를 붙들고 피아노 앞에 있다시피 했지요.

공연과 음반으로는 알 수 없던 거대한 에너지가 손에 잡힐 듯 다가왔습니다. 그러고 보면 작업을 함께할 때 비로소 그 아티스트의 위대함을 진정으로 느끼게 됩니다. 악기 하나하나의 사운드가 섬세하게 숨쉬는 그 스튜디오에서 저도 메마리도 큰 감동을 느꼈지요. CD나 MP3 파일의 형태로는 담을 수 없는 생생한 체험과 에너지를 관객에게 들려줄 수 없어 안타까울 정도였습니다.

그의 음악은 아름답고도 화려합니다. 특히 라이브는 특유의 테크닉으로 관중을 압도하지요. 그는 피아노 외에도 많은 클래식 악기들을 연주할 수 있을 뿐만 아니라 각각의 악기에 대해 깊이 이해하고 있습니다. 그의 손가락 하나하나가 비올라, 오보에, 플루트 등의 악기로 만들어진 듯 착각에 빠지게 되지요. 오늘은 그의 아름다운 피아노 연주를 만끽할 수 있는 2013년 앨범 〈Ao Vivo no Auditório Ibirapuera〉를 추천합니다. 오늘은 안드레 메마리를 소개해준 파비오에게 짧은 메일을 보내야겠어요. "메마리는 브라질의 톱이 아니라 세계의 톱이었어!"라고요.

안드레 메마리
공식 홈페이지

휴가와 여름, 해운대

루디멘털 - We the Generation

어디론가 떠나라고 종용하는 듯한 여름날입니다. 그래서인지 제가 사는 해운대도 인파로 북적입니다. 어제는 저도 해가 질 무렵 선선해진 해변을 걸어보았습니다. 가을이나 겨울에는 아침에, 봄과 여름에는 저녁 무렵의 해운대를 특히 좋아합니다. 그런데 해변을 산책할 때마다 아쉬운 것이 하나 있습니다. 바로, 여름 바다는 시끄러운 게 당연하다는 듯 여기저기에서 마구잡이로 틀어놓은 음악입니다.

경쟁적으로 흘러나오는 음악의 홍수 속에서 이어폰을 꽂고 해운대를 산책하신다면 '루디멘털Rudimental'의 음악을 추천합니다. 루디멘털만큼 휴가와 여름 그리고 해운대라는 세 가지 키워드를 만족하는 음악이 또 있을까요. 이들의 음악은 흔히 '드럼 앤드 베이스' 라는 장르로 불립니다. 그러나 정통적인 드럼 앤드 베이스라기에는 솔, R&B 등 다른 장르의 요소들이 혼합되어 있지요. 이처럼 톡톡 튀는 루디멘털의 아이디어야말로 데뷔하자마자 수많은 팬을 확보한 저력이겠지요.

루디멘털은 2013년 '머큐리 프라이즈'에 노미네이트되고 브릿 어워드를 몇 번이나 수상한, 실력과 인기를 인정받는 팀입니다. 영국 차트에서 매번 폭발적인 선풍을 일으키는 것은 물론, 아시아를 비롯해 세계적인 인기를 얻고 있습니다. 루디멘털의 매력은 2015년 8월에 선보인 싱글 〈Rumour Mill〉에서 가장 잘 드러납니다. 절로 몸을 움직이게 하는 리듬은 흥겨우면서도 깔끔하고 담백합니다.

루디멘털의 음악을 듣다 보면 강력한 소리들을 가득 채우는 것이 아닌 '비움'을 통해서도 댄스 음악을 만들 수 있구나, 하고 감탄하게 되지요. 어쩌면 우리를 움직이는 것은 그 빈자리의 여유로움인지도 모릅니다. 그래서 이들의 음악은 에너지 가득한 한낮의 해변과도 어울리지만, 저녁 무렵의 바다와도 어울립니다. 춤을 추기에도 좋고, 소용히 앉아 한적하게 감상하기에도 제격입니다. 해변을 찾을 계획이라면, 혹은 지금 한창 여행가방을 꾸리는 중이라면 루디멘털의 'Rumour Mill'이 담긴 정규 앨범 〈We the Generation〉을 준비하면 어떨까요. 이들의 음악이 당신의 여름을 더욱 멋지게 만들어줄 거예요.

여름, 해운대.

아름다운 노포

누에보 탱고 앙상블 - d'impulso

노포老鋪라는 단어를 좋아합니다. 사전에서 찾아보면 오래된 상점이나 가게를 의미하는데요. 평소 오래된 가게에 관심이 많아서일까요, 이 단어에서는 알 수 없는 푸근함이 느껴집니다. 제가 부산에 사는 이유 중 하나도 이곳의 오래된 식당에 푹 빠져 있기 때문입니다. 하지만 제가 사랑하는 가게들은 안타깝게도 하나 둘 사라지거나 그 빛을 잃어가고 있습니다. 소중한 우리의 노포들이 오늘날에도 그리고 미래에도 우리 삶과 공존할 수 있다면 얼마나 좋을까요.

'누에보 탱고 앙상블Nuevo Tango Ensamble'의 음악은 이런 제 바람이 음악을 통해 잠시나마 이루어진 듯한 위안을 선사합니다. 누에보 탱고 앙상블은 1999년부터 활동해온 이탈리아의 탱고 밴드입니다. 피아노와 리더를 맡은 '파스쿠알레 스테파노Pasquale Stafano'를 중심으로 반도네온과 베이스 등 세 가지 악기로 구성된 트리오 연주를 들려줍니다.

아스토르 피아졸라로 대표되는, 현대 탱고를 연주하는 뮤지션은 세계 곳곳에 셀 수 없을 만큼 많습니다. 그만큼 탱고가 주요 장르로 자리매김한 데다 피아졸라의 작품들이 넘어설 수 없는 위대한 영역을 확보하고 있기 때문입니다. 탱고란 곧 피아졸라의 음악이 대부분인 셈이지요.

누에보 탱고 앙상블이 다른 탱고 연주 그룹과 다른 것이 바로 이 지점입니다. 이들의 음악은 현대 탱고의 개성을 유지하고 완벽하게 재현하면서도 자신만의 오리지널 스코어를 만들어갑니다. 탁월한 연주 테크닉과 작곡 및 편곡 실력은 말할 것도 없지요. 저 역시 이들의 음악을 듣자마자 팬이 되어버렸지요.

제가 음악감독을 맡은 영화 〈허삼관〉에서도 누에보 탱고 앙상블의 음악을 만나실 수 있습니다. 제가 곡을 쓰고 누에보 탱고 앙상블이 직접 편곡하고 연주하여 이탈리아에서 레코딩을 마친 탱고 음악이지요.

오늘은 누에보 탱고 앙상블의 2011년 앨범 〈d'impulso〉를 추천합니다. 특히 일곱 번째 트랙인 'Le Lantern Di Phuket'을 꼭 들어보세요. 지금도 고유의 빛을 잃지 않고 성업 중인 노포를 발견한 기분이라면 비유가 적절할까요. 이 앨범을 들을 때마다 만나는 작은 기쁨입니다.

Le Lantern Di Phuket
공식 라이브 영상

현대 클래식, 영화를 만나다

알렉상드르 데스플라 - 킹스 스피치 사운드트랙

개봉과 동시에 극장을 찾게 하는 '믿고 보는' 영화감독이 있습니다. 바로 미국의 영화감독 '웨스 앤더슨'입니다. 2014년 웨스 앤더슨 감독이 연출한 〈그랜드 부다페스트 호텔The Grand Budapest Hotel〉이 개봉되었을 때에도 잔뜩 기대를 안고 극장을 찾았습니다. 영화를 보는 내내 훌륭한 연출은 물론 '어떻게 이렇게 영화음악을 잘 만들었지?' 하고 감탄했습니다. 엔딩 크레딧에 등장한 이름은 바로 '알렉상드르 데스플라Alexandre Desplat'였습니다. 그리고 2015년 〈그랜드 부다페스트 호텔〉은 아카데미 시상식에서 음악상을 수상했지요.

알렉상드르 데스플라는 우리에게 생소한 뮤지션이지만 요즘 가장 '핫한' 영화음악 감독입니다. 1961년 파리에서 태어난 그는 프랑스에서 영화음악 작곡가로 활동했고, 최근에는 할리우드 블록버스터 상당수를 작업했습니다. 〈벤자민 버튼의 시간은 거꾸로 간다〉와 〈러스트 본〉, 〈해리포터와 죽음의 성물〉, 〈뉴문〉, 〈고질라〉 등의 영화음악을 만들었습니다.

그의 필모그래피에서 알 수 있듯 알렉상드르 데스플라는 두터운 마니아층을 보유한 작품과 할리우드 블록버스터를 자유자재로 넘나듭니다. 마치 학창시절 시네마테크에서 즐겨 보던 유럽영화의 멜로디와 할리우드 영화음악이 한데 어울린 느낌이랄까요. 그러면서도 특유의 음악적 개성을 잃지 않습니다. 그는 어려서부터 라벨과 드뷔시, 재즈, 월드뮤직을 즐겼다는군요. 이러한 유년기의 경험은 브라질 음악과 아프리카 음악에 대한 공부와 함께 그의 클래식적인 바탕을 풍성하게 만들어주었다고 합니다.

그런 알렉상드르 데스플라의 음악에 주목하게 된 계기는 제2차 세계대전 발발 직전 왕위에 오른 영국 국왕 조지 6세의 이야기를 다룬 2010년 영화 〈킹스 스피치The King's Speech〉였습니다. 동명의 메인 테마 'The King's Speech'는 반복되는 피아노 반주로 시작합니다. 이어 들려오는 주 멜로디도 피아노를 배운 사람이라면 누구나 따라 칠 수 있을 정도로 단순합니다. 여기에 오케스트라 사운드가 서서히 밀려오고 모티프가 변주되면서 독특하고 아름다운 멜로디를 형성합니다. 음악 전반에서 드러나는 미니멀리즘이 절정을 이루는 순간입니다. 현대 클래식이 영화음악에서 어떻게 호흡할 수 있는지, 그 모범답안을 제시하는 이 앨범은 제게도 많은 생각 거리를 던져줍니다.

앨범 미리 듣기

정통 카바레 음악

뉴 부다페스트 오르페움 소사이어티 - As Dreams Fall Apart

'카바레' 하면 옛날 무도장 혹은 뉴스에서 보던 '중년 남녀의 불륜 온상지' 같은 헤드라인이 떠오르는데요. 지금도 간혹 변두리에 가면 카바레라고 쓰인 간판이 눈에 띕니다. 하지만 원래 카바레는 춤과 음악, 드라마, 코미디가 있는 유흥장이자 사교계 인사와 예술가들이 모이는 장소였다고 해요. 그 기원도 16세기의 파리로 거슬러 올라갈 만큼 오랜 역사를 지니고 있고요. 우리가 영화에서 접한 옛 뉴욕과 유럽의 극장식 무도장 이전에, 카바레와 그 문화가 오랫동안 존재해온 것이지요. 일렉트로닉 음악과 클럽이 유행하는 지금 웬 생뚱맞은 카바레 이야기냐고요? 오늘 소개할 뮤지션들이 바로 이런 카바레 곡을 연주하기 때문입니다. 그것도 정통 스타일로 말이지요. 바로 '뉴 부다페스트 오르페움 소사이어티New Budapest Orpheum Society'입니다.

뉴 부다페스트 오르페움 소사이어티는 미국 시카고 대학교의 앙상블 그룹입니다. 이 그룹은 예술감독 '필립 볼먼Philip V. Bohlman'과 메조소프라노 '줄리아 벤틀리Julia Bentley', 바리톤 '스튜어트 플가Stewart Flga', 타악기 '대니 하워드Danny Howard', 바이올린 '이오로단카 키슬로바Iordanka Kisslova', 피아노와 음악감독을 맡은 '일야 레빈슨Ilya Levinson', 더블베이스 '마크 손크센Mark Sonksen', 아코디언 '돈 스틸레Don Stille' 이렇게 8인으로 구성되어 있습니다.

이중 예술감독을 맡은 필립 볼먼은 시카고 대학교의 민족음악학 교수이기도 한데요. 악기와 멤버 구성에서 짐작할 수 있듯 이들의 시선은 민족과 지역, 역사를 향해 있습니다. 미국의 교수들이 연주하는 음악의 초점이 공교롭게도 유대인의 카바레 음악인 것이지요. 이들은 2002년 〈Dancing on the Edge of a Volcano〉라는 앨범으로 데뷔했습니다. 이 앨범에서 이들은 독특하게도 유대인들의 카바레 음악과 옛 노래, 민중가를 선보였지요. 그 후 12년 만에 뉴 부다페스트 오르페움 소사이어티는 유대인 영화 황금기를 이끈 영화음악을 재조명합니다.

뉴 부다페스트 오르페움 소사이어티가 2014년 발표한 앨범 〈As Dreams Fall Apart〉는 이 20세기의 주옥같은 변방의 영화음악으로 가득합니다. 첫 곡을 듣는 순간부터 앨범이 끝날 때까지 시간과 지역이 모호한 옛 카바레 극장으로 우리를 이끄는 듯합니다. 마치 흑백영화를 보다 꿈을 꾸는 기분이라고 할까요? 낭만과 판타지로 가득한 이 앨범은 2016년 그래미상 클래식 부분에 노미네이트되었습니다.

Cabaret Eruv
공식 영상

무경계의 음악

랭스턴 휴즈 & 로라 카프먼 - Ask Your Mama

독특한 클래식 앨범을 하나 소개합니다. 2016년 그래미상의 '최우수 클래식 부문 엔지니어드 앨범상Best Engineered Album, Classical'과 '최우수 클래식 컴펜디엄Best Classical Compendium', '올해의 프로듀서상 클래식 부문Producer of the Year, Classical' 등 총 3개의 클래식 관련 부문에 후보로 올라, 이중 엔지니어드 앨범상을 수상한 앨범입니다. 바로 2015년 발표된 앨범 〈Ask Your Mama〉인데요. 갓 발표된 프로젝트 앨범 한 장이 이렇게 여러 부문의 후보로 선정되었다는 것만으로도 그 화제성을 짐작할 수 있습니다.

이 앨범은 미국의 시인이자 소설가, 극작가인 '랭스턴 휴즈Langston Hughes'의 1961년 서사시 〈Ask Your Mama: 12 Mood For

Jazz〉를 소재로 합니다. 랭스턴 휴즈는 1920년대 뉴욕 할렘에 문화적, 사회적, 예술적 붐을 일으킨 '할렘 르네상스'의 리더였습니다. 그리고 새로운 문학예술 형식을 이끈 장본인이었지요.

인권과 삶에 대해 남다른 관심과 시각을 지닌 그의 작품은 미국의 역사와 문학에서도 고유한 위치를 차지하고 있습니다. 우리 사회에서 유행어처럼 사용하는 솔이라는 말, 즉 '솔 뮤직'에서의 '솔'이라는 용어의 개념 역시 랭스턴 휴스의 작품에서 시작되었다고 할 정도이니까요.

이런 그의 시를 에미상 음악 부문 수상자이자 현대음악 작곡가인 '로라 카프먼Luara Karpman'이 다양한 아이디어와 음악으로 재해석했습니다. '아프리카에서 아메리카, 남부에서 북부, 도시에서 변방, 오페라부터 재즈, 비밥에서 힙합으로까지의 영혼'이라는 작품 설명에서 알 수 있듯 이 작품은 현재 미국의 음악과 역사, 그리고 경계를 장르와 시간을 해체하여 재편성했습니다.

이처럼 방대한 콘셉트와 무경계적 특징은 참여 음악가들의 크레딧에서도 드러납니다. '샌프란시스코 발레 오케스트라San Francisco Ballet Orchestra'의 연주와 '조지 마나한George Manahan'의 지휘로 앨범 전체의 기본적인 밑그림이 그려집니다. 여기에 매트 오디션 우승자이자 촉망받는 소프라노인 '자나이 브루거Janai Brugger'가 참여하지요. 또 재즈 보컬리스트 '네나 프리론Nnenna Freelon'과 힙합 음악가 '메두사Medusa'도 이 프로젝트에 가세합니다. 그리고 무엇보다 힙합

신과 미국 팝에서 빼놓을 수 없는 절대강자 '더 루츠The Roots'까지 함께했지요.

이 음악가들이 잘 짜인 틀 안에서 어우러져 만들어내는 하모니는 섬세한 퍼즐이나 소설을 맞추어나가는 듯한 쾌감을 선사합니다. 창조적인 구성과 신선함이 주는 영감이야말로 이 앨범이 주는 가장 근사한 선물입니다.

앨범 미리 듣기

사중주의 아름다움

크로노스 콰르텟 - Kronos Quartet Performs Philp Glass

'콰르텟Quartet'이란 네 명의 연주자로 이루어진 음악그룹을 일컫는 말입니다. 보통 세 명으로 이루어진 '트리오Trio'와 더불어 클래식과 재즈에서 흔히 접할 수 있는 형태이지요. 바이올린과 비올라, 첼로, 피아노 연주자로 구성된 '피아노 콰르텟Piano Quartet'과 두 대의 바이올린과 비올라, 첼로로 구성된 '스트링 콰르텟String Quartet'은 클래식에서 가장 일반적인 콰르텟 형태입니다.

저는 이 같은 콰르텟 구성을 무척 좋아해서 클래식 레퍼토리를 접할 때면 콰르텟 형태로 된 연주와 편곡이 있지는 않을까 하고 습관적으로 찾아보곤 합니다. 물론, 악기의 구성과 편성에 따라 그 음악적 색채과 표현도 다양한 개성을 뽐냅니다. 그중에서도 콰르텟은 방대한 범위의 음악적 표현을 가능하게 하는 최소의 단위이자 곡의 의도를 가장 명백하고 깔끔하게 보여줄 수 있는 형태라고 생각합니다.

오늘은 현존하는 스트링 콰르텟 중 가장 진보적인 활동과 음악적 다양성을 보여주는 팀을 소개합니다. 바로 '크로노스 콰르텟Kronos Quartet'과 그들의 1995년 앨범 〈Kronos Quartet Performs Philp Glass〉입니다. 바이올리니스트 '데이비드 해링턴David Harrington'에 의해 결성된 크로노스 콰르텟은 또 다른 바이올리니스트 존 셰르바John Sherba, 비올라에 '행크 더트Hank Dutt', 그리고 2013년 새로 영입된 한국인 첼리스트 '서니 양Sunny Yang'이 함께 활동하고 있습니다. 이들의 이름이 생소하다면 미국의 영화감독 대런 아로노프스키가 2000년 발표한 영화 〈레퀴엠Requiem for a Dream〉의 강렬한 영상과 음악을 떠올려보십시오. 이 영화의 연주를 담당한 이들이 바로 크로노스 콰르텟입니다.

1978년 미국 샌프란시스코를 기반으로 활동을 시작한 크로노스 콰르넷 음악의 가장 두드러진 특징은 장르의 파격입니다. 빌 에번스와 지미 헨드릭스 같은 재즈에서부터 록, 멕시코 포크, '네덜란드 댄스 시어터'의 최근작까지…… 그들이 보여주는 다양함은 경이롭기까지 합니다. 클래식 콰르텟의 고정관념을 뛰어넘는 레퍼토리들은 지금까지, 40여 년의 활동기간 내내 이어지고 있습니다.

더욱 대단한 것은 현대음악에 대한 진지한 탐구에서 기인한 음악적 성과입니다. 소위 '뉴 뮤직New Music' 또는 '컨템퍼러리 뮤직Contemporary Music' 등 최근 탄생한 20세기 음악의 새로운 명칭과 경향이 사실 크로노스 콰르텟의 역사와 같이했다고 해도 과언이 아닙니다. 이들의 수없이 많은 명반 중에서 오늘은 현대 작곡가 '필립 글래스'의 음악을 담은 앨범을 소개합니다. 네 명의 연주자가 네 가지 현악기로 빚어내는, 시대와 지역을 넘어선 놀라운 여정을 함께 해볼까요.

크로노스 콰르텟
공식 홈페이지

때로 음악은 긴 여행이 됩니다.

R&B의 교과서

민트 컨디션 - The Collection

저는 서울에 위치한 국방부 군악대에서 군복무를 했습니다. 대통령 행사를 주 업무로 하지만 제가 속해 있던 캄보밴드Cambo band는 대중음악 행사 역시 활발히 열었는데요. 용산 한미연합사령부에서 미군밴드와 합동 공연을 하기도 했습니다. 내한한 적이 없는 팝스타들이 미군 기지에서 비공식 공연을 한다는 사실을 그때 처음 알게 되었지요. 그러다 당시에 한창 빠져 있던 민트 컨디션Mint Condition이 미군 기지에서 공연한다는 소식을 듣게 되었습니다. 어떻게든 이 공연을 보고 싶어서 수소문했지만 결국 갈 수 없었던 기억이 남아 있습니다.

민트 컨디션은 1990년대 초반 데뷔해 지금까지 20년이 넘게 활동하는 R&B 밴드입니다. 멤버가 교체되기도 했지만 보컬과 드럼에 '스톡클리 윌리엄스Stokely Williams', 베이스 기타에 '리키 킨첸Ricky Kinchen', 기타에 '호머 오델Homer O'Dell', 피아노에 '레리 워델Larry Waddell', 키보드에 '제프리 앨런Jeffrey Allen' 등이 함께해오고 있지요. 제가 이렇게 멤버 한 명 한 명의 악기와 이름을 소개하는 이유는 이것이 바로 이들의 특이한 점이기 때문입니다.

R&B 하면 1990년대를 풍미한 '보이스 투맨Boyz II Men'이나 '테이크 식스Take 6'처럼 보컬리스트로 이루어진 그룹이 연상되거나, 최근 각광받는 '레디시'나 '크리셋 미첼Chrisette Michele'과 같은 솔로 보컬리스트가 떠오르지요. 그러나 민트 컨디션의 음악은 철저히 밴드 음악이었습니다.

민트 컨디션의 앨범과 라이브는 작곡과 편곡, 연주 등 모든 면에서 면밀하고 훌륭합니다. 그만큼 장르를 떠나 밴드 자체로서도 조직적이며, 그루비한 연주를 들려주었지요. 최근의 활동은 1990년대만큼은 아니지만, 이들의 1990년대 앨범은 R&B의 교과서로 생각해도 좋을 만큼 프로듀싱까지 완벽합니다. 하지만 이들이 가진 출중함에 비해 국내 인지도는 그리 높지 않은 편입니다. 오늘은 민트 컨디션의 1998년 앨범 〈The Collection〉을 추천합니다. 1991년 데뷔 앨범부터 1998년까지 민트 컨디션이 발표한 대표곡이 담겨 있지요. 그들이 7년 동안 쌓아온, R&B의 정수를 향해 떠나볼까요.

집시 재즈

장고 라인하르트 - Django Reinhardt The Ultimate Collection

'재즈' 하면 어떤 이미지가 떠오르나요? 지금의 재즈는 록과 민속음악, 클래식 등 다양한 장르에 녹아들어 그 스펙트럼이 넓고 다양해졌습니다. 그럼에도 고전적인 의미에서 재즈를 이야기하면 스윙swing을 우선 떠올리게 됩니다.

클래식과 달리 오프 비트off beat를 강조하는 스윙 필swing feel이 스윙의 어원이 되었다고 하는데요, 고전 할리우드 영화에는 스윙재즈에 맞추어 춤을 추는 사람들이 종종 등장합니다.

'스윙'이라는 단어와 함께 재즈에서 빼놓을 수 없는 또 하나의 요소는 이것이 미국의 음악이라는 사실입니다. 미국이 가진 가장 큰 문화적 자산이 바로 재즈라고 말하는 사람도 있을 만큼 재즈는 본고장 미국에서 오늘도 발전을 거듭하는 장르입니다.

소설가 무라카미 하루키와 감독이자 배우인 우디 앨런은 옛 재즈를 향한 애정을 작품 속에서 표현하는 대표적인 예술가입니다. 광고나 영화에서 들려오는 재즈 음악에 자신도 모르게 옛 뉴욕이나 뉴올리언스의 풍경을 떠올리기도 하지요. 그런데, 곰곰 짚어보면 우리가 생각하는 옛 재즈란 일명 '집시 재즈gypsy jazz'에 가까운 경우가 많습니다. 스윙에 바탕을 둔 집시 재즈는 말 그대로 집시 문화와 유럽의 민속음악이 섞여 미국 재즈와는 확연히 다른 감상을 선사합니다. 바이올린이나 아코디언이 등장하기도 하지요. 이 음악은 프랑스 파리에서 형성되어 미국으로 그리고 전 세계로 뻗어나가 유행했습니다. 그 중심에 기타리스트 '장고 라인하르트Django Reinhardt'가 있습니다.

장고 라인하르트는 벨기에에서 태어나 프랑스에서 활동한 기타리스트입니다. 또한 그는 이 '집시 재즈'를 수면 위로 떠오르게 한 장본인이자 재즈로 큰 명성을 얻은 첫 유럽인입니다. 손가락을 다쳐서 기타 연주에 불편을 겪었지만, 자신만의 새로운 기타 연주법을 탄생시켰고 이것이 그만의 개성이 되었지요.

오늘날 집시 재즈는 당대의 인기를 넘어 다양한 음악에 영향을 미친, 대중음악사에 빼놓을 수 없는 장르가 되었습니다. 프랑스에서는 매년 '장고 라인하르트 페스티벌'이 열립니다. 장고 라인하르트의 음악을 사랑하는 프랑스 연주자들이 그룹을 이루어 무대를 꾸미는 이 페스티벌은 그의 음악을 사랑하는 사람들에게 큰 선물입니다. 장고 라인하르트의 음악을 향한 여정을 시작하는 여러분께 그의 컬렉션 앨범 〈Django Reinhardt the Ultimate Collection〉을 추천합니다.

장고 라인하르트 페스티벌 2015
(엘리 데지브리 콰르텟)

인디펜던트의 의미

말리카 티롤리엔 - Sur La Voie Ensoleillée

대중음악이든 클래식이든 그들만의 일관된 취향을 드러내는 레이블이 있습니다. 이렇게 한 취향에 집중하는 레이블은 보통 소자본 음악 혹은 소수의 마니아를 위한 음악으로 여겨지지요. 하지만 레이블이 지니는 일관된 취향과 인디펜던트 음악 혹은 소자본 프로덕션으로서의 특징은 전혀 다른 상관관계를 가지고 있습니다.

오랫동안 작업을 함께한 이윤기 감독이 조지 루카스 감독이 세계 각지의 영화감독을 초대한 행사에 참석한 적이 있다고 합니다. 조지 루카스는 바로 '스타워즈 시리즈'를 만든 장본인이지요. 그런데 행사장에 선 조지 루카스 감독은 "나 자신을 포함해 스타워즈를 만들고 있는 우리는 철저히 인디펜던트independent다"라고 말했다는

군요. '할리우드 블록버스터가 웬 인디펜던트?' 하며 그때의 저처럼 고개를 갸우뚱하시겠지요.

하지만 루카스 필름과 특수효과 전문회사 아이엘엠ILM은 할리우드 시스템을 따르지 않은, 자신들만의 방식으로 영화를 만들어왔습니다. 대자본이 투입된 영화이지만 철저히 독립적인 방식을 통해 그만의 영화를 만든 것이지요.

'인디펜던트'는 이처럼 자본이 크냐 작으냐 혹은 대중적으로 인지도가 높으냐 낮으냐 하는 것과 다른 이야기입니다. 아직 알려지지 않은 아이돌을 인디펜던트라고 부를 수 없듯이 소자본 음악 혹은 비전문 음악인의 음악을 통틀어 인디펜던트라고 생각하는 것은 우리도 모르게 걸린 편견의 주술인지도 모릅니다.

오늘 소개할 '말리카 티롤리엔Malika Tirolien'은 아직 우리에게 생소한 이름입니다. 카리브 해에 위치한 프랑스령 과들루프 섬에서 태어난 말리카 티롤리엔은 〈태양의 서커스〉에 출연했으며, 퓨전 재즈 밴드인 '스나키 퍼피Snarky Puppy'의 게스트 멤버로 참여하면서 독특한 매력과 보이스를 선보였습니다. 이후 '마이클 리그Michael League'가 참여한 레이블 로프어도프Ropeadope에 소속되면서, 참신하고 도전적인 음악을 선보이는 주목받는 아티스트가 되었습니다. 동시에 이 레이블에 또 다른 색깔을 더해주었고요.

'도대체 이런 아티스트가 어디에 있다가 나타난 걸까?' 싶을 정도로 그녀의 음악적 내공과 테크닉은 새롭습니다. 오늘은 진정한 인디펜던트가 무엇인지 새삼 깨닫게 하는 말리카 티롤리엔의 2014년 앨범 〈Sur La Voie Ensoleillée〉을 들어볼까요.

말리카 티롤리엔
공식 홈페이지

진보를 예언하다

토니 토니 톤 - Sons of Soul

유행이란 무엇일까요. 우리는 종종 유행을 이야기합니다. "올 가을에는 이런 옷들이 유행하겠지", "이건 수년 전 유행했던 디자인이잖아!" 하면서요. '유행은 돌고 돈다'는 말이 진실인지 아닌지는 알 수 없지만 우리가 암묵적으로 동의하는 문화의 한 측면인 것만은 분명합니다. 반면, 문화가 진보한다고 믿는 사람도 있고 지속적인 후퇴를 반복한다고 믿는 사람도 있지요. 저는 주로 전자에 속하는 사람인데요, 특별한 이유가 있어서라기보다는 어르신들과 쇼 프로그램을 볼 때마다 듣던 말씀 때문입니다.

"요즘 음악들은 예전만 못해."

"요즘 유행하는 음악은 음악도 아니야."

자라면서 누구나 한번쯤 들어보았을 어른들의 푸념이 저는 왜 그리 듣기가 싫던지요. 어른이 된 지금도 저는 그때의 푸념에 동의할 수 없습니다. 하지만, 적어도 심정적인 이해는 할 수 있는 나이가 되었군요. 생각해보면 한 가지는 확실한 듯합니다. 어떤 장르이건 그 음악이 가장 풍성하고 활발하게 꽃피우는 시기가 존재한다는 것이지요. 그것이 계속적으로 발전을 거듭한 산물인지, 유행으로 인해 때마침 풍성해진 것인지는 알 수 없지만요.

1980년대 후반부터 1990년대 중반까지 활동하던 캘리포니아 출신의 그룹 '토니 토니 톤Tony! Toni! Toné!'의 음악을 들을 때마다 드는 생각입니다. 특히 그들의 1993년 앨범 〈Sons of Soul〉은 15곡에 달하는 전곡이 1시간 10분에 걸친 대장정처럼 느껴질 정도이지요. 앨범보다는 싱글이나 스트리밍이 유행하는 요즘에는 더더욱 팝 앨범이 이토록 긴 러닝타임을 가진 것이 신기하게 느껴집니다. 게다가 앨범의 히트 트랙인 'Anniversary'는 자그마치 9분이 넘지요. 이토록 긴 시간을 밀도 있게 채운 히트 앨범은 보기 드뭅니다.

이 같은 완성도는 물론 토니 토니 톤의 걸출한 음악성 덕택이었겠지만, 그 시절 유난히 풍성했던 R&B의 토양에서 힘입은 것도 사실입니다. 이들의 음악은 1980~90년대 솔 뮤직의 유행과 더불어 국내에서 '뉴 잭 스윙New jack swing'등 새로운 하위 장르가 소개되던 즈음 나타났습니다. 오늘날 힙합과 R&B가 여러 다른 장르를 흡수하며 확장될 것이라고 이 음반 한 장이 견고하게 예언하는 듯합니다.

"요즘 음악은 예전만 못해"라는 어른들의 푸념에 "아니에요. 이렇게 멋지게 될 수도 있잖아요!"라고 자신 있게 말하는 악동처럼 말이지요.

열두 살의 재즈

조이 알렉산더 - My Favorite Things

'신동'이라 불리는 아이들이 있습니다. 어린 시절 TV에서 어른들도 풀지 못하는 연산 문제를 풀거나 대단한 암기력을 자랑하던 아이들을 보곤 했지요. 이런 '신동'에 대한 관심은 방송을 비롯한 미디어에서 여전합니다. 달라진 것이 있다면 이러한 관심이 지금은 대중음악부터 스포츠까지 확장된 것이겠지요. 그런데 가끔 궁금해집니다. 제가 TV에서 본 그 많은 신동들은 지금 어디에서 무엇을 하고 있을까요? 할리우드 영화에서처럼 비밀스러운 활동이라도 하는 것일까요? 어쩌면 그 시절 신동이란 존재는 잘못 끼워진 단추 같은 것은 아니었을까 생각해봅니다. 과연 우리 어른들은 신동을 통해 무엇을 보고 싶은 걸까요.

피아니스트 조이 알렉산더Joey Alexander의 앨범이 현재 재즈신에서 가장 뜨거운 음반으로 떠올랐습니다. 2015년 발표한 앨범 〈My Favorite Things〉 한 장으로 올해(2016년) 그래미상 '최우수 임프로바이즈드 재즈 솔로Best Improvised Jazz Solo' 부문과 '재즈 인스트루멘털 앨범Best Jazz Instrumental Album' 부문에 동시 노미네이트된 것입니다. 그의 나이는 열두 살입니다.

2003년 인도네시아 덴파사르에서 태어나 자란 그는 열두 살 소년의 음악이라고는 믿을 수 없는 피아노 연주와 레코딩으로 재즈신을 깜짝 놀라게 했습니다. 그는 음악 교육을 받은 적이 없으며 단지 음악을 좋아하는 부모로 인해 재즈 레코딩을 즐겼다는데요. 저 역시 조이 알렉산더의 음악을 듣고는 정말이지 믿을 수가 없었습니다.

물론, 조이 알렉산더의 연주보다 더 훌륭한 테크닉과 연륜을 지닌 성인 재즈 연주자가 많을 것입니다. 그러나 열두 살 아이에게서 느껴지는, 재즈를 향한 이해와 열정에는 다른 뮤지션과의 비교를 불허하는 어떤 것이 있습니다. 그래서 이 아이, 아니 이 뮤지션의 앨범을 진심으로 감상하고 즐기게 됩니다. 흔히 TV에서 신동을 보듯 그 모습을 신기해 하는 대신, 진짜 음악을 듣게 된다는 것이지요. 그동안 신동의 풍문과 소문에 줄곧 무관심하던 그래미가 올해 그를 양팔 벌려 환영하는 것도 이런 이유에서겠지요.

나의 10년

푸디토리움 - New Sound Set

조금 쑥스럽지만 오늘(2013년 2월 21일)은 얼마 전 발표한 제 앨범을 소개하고 싶습니다. 바로 '푸디토리움' 공연 실황앨범 〈New Sound Set〉입니다.

1년 전, 오랜 유학 끝에 한국으로 돌아오면서 참 마음이 설렜습니다. 여러 이유가 있겠지만, 무엇보다도 1년여 동안 진행하기로 예정된 공연에 대한 기대감이 컸습니다. 음악을 사랑하는 관객과의 만남, 공연장에서 무엇인가 함께 만들 수 있다는 기대는 언제나 가슴을 뜨겁게 하지요. 앨범 〈New Sound Set〉은 1년에 걸친 여정의 마지막 이정표와도 같습니다.

기존의 푸디토리움 음반은 지역과 장르의 경계를 허무는 것에 초점을 맞추었습니다. 뉴욕을 거점으로 빈, 파리, 상파울루 등 여러 도시의 아티스트가 참여했고 장르적으로도 록과 재즈, R&B 등이 브라질 음악과 한데 어울렸습니다. 한국어 가사가 적은 것도 이러한 이유에서였습니다. 국적과 언어, 인종의 구분을 넘어선, 음악을 통한 포용을 보여주고 싶었던 것이지요.

공연 'New Sound Set'은 지금까지와는 달리 시간의 선상에서 음악을 바라보았습니다. 장르와 지역에서 과거와 미래로 시선을 이동한 것입니다. 교과서에서 배운 고전음악에서 출발하여 조금은 낯선 현대음악까지, 그 역사와 함께한 테크놀로지에 관한 이야기를 담고 싶었습니다. 그 안에서 지난 10년 동안 발표한 음악들을 재해석하고 새로이 놓아보고 싶었습니다. 지난 기록의 정리라기보다는, 오히려 현재에서 미래의 어딘가로 새로운 질문을 출발시키는 작업이었습니다.

이 작업을 위해 드럼과 기타 같은 팝 악기 구성을 피아노 사중주(바이올린과 비올라, 첼로, 피아노) 형태로 바꾸었고, 다소 낯선 개념인 '사운드 아티스트' 디제이 수리DJ Soolee도 참여하였습니다. 디제이 수리는 일렉트로닉 라이브를 맡아 컬래버레이션하는 등 공연에 큰 역할을 해주었습니다. 또한 현장 녹음을 스튜디오 녹음과 같은 수준으로 재탄생시키기 위해 국내외 엔지니어가 뛰어들어 힘을 모았습니다. 스스로 새로운 시선을 가져야 했으며 스태프와도 장시간 대화와 설득을 거듭한, 힘들게 기획되고 진행된 공연 'New Sound

Set'은 이처럼 많은 이들의 노고 끝에 관객과 만났습니다.

공연장을 찾는 데에도 오랜 시간을 들였습니다. 무대와 객석이 존재하고 기본적인 음향의 위치가 정해진, 그래서 아티스트의 의도를 살리기 힘든 공연장(대부분의 공연장이 그렇습니다만)이 아닌, 아티스트가 100퍼센트 제어할 수 있는 곳을 원했기 때문입니다. 즉 음향과 객석, 무대 위치 등 모든 것을 아티스트의 의도대로 채울 수 있는 공연장을 찾았고, 결국 문래동에 위치한 '문래예술공장'으로 정했습니다.

그래서 어떤 무대를 설치하였느냐고요? 사실은 무대를 따로 설치하지 않았습니다. 연주자들은 공간의 한가운데에 위치합니다. 둥글게 서서 서로 바라보며 오롯이 음악에 집중합니다. 관객석 역시 정해지지 않았습니다. 좌석도 없고요. 소파와 의자들을 무작위로 공연장 내부에 배치해 관객이 서서 혹은 앉아서, 때로는 연주자의 곁에서 관람할 수 있었습니다. 조명 역시 최소한의 조명을 썼으며, 공연장 밖 로비에 입장할 때부터 건물 내 조명을 소등하고 스탠드 조명만을 사용하였습니다. 공연 전, 위층에서 간단한 다과와 와인을 제공했으며, 와인을 든 채 공연장에 자유로이 입장할 수 있었습니다.

관객석과 무대라는, 너무나 익숙하고 견고하게 나뉘어버린 경계를 허물어보고 싶었습니다. 조명을 조절해 공연장과 로비의 경계를 없앴고, 현악기 연주자와 피아노 연주자의 의자마저 오래된 평범한

왼쪽 위부터 반시계 방향으로
2009년, 2012년, 2012년, 2015년 가진 공연과 녹화.
돌아보니 참 다양한 모습의 공연을 꾸려왔군요.

© 네이버 온스테이지

© 네이버 온스테이지

© 최영환

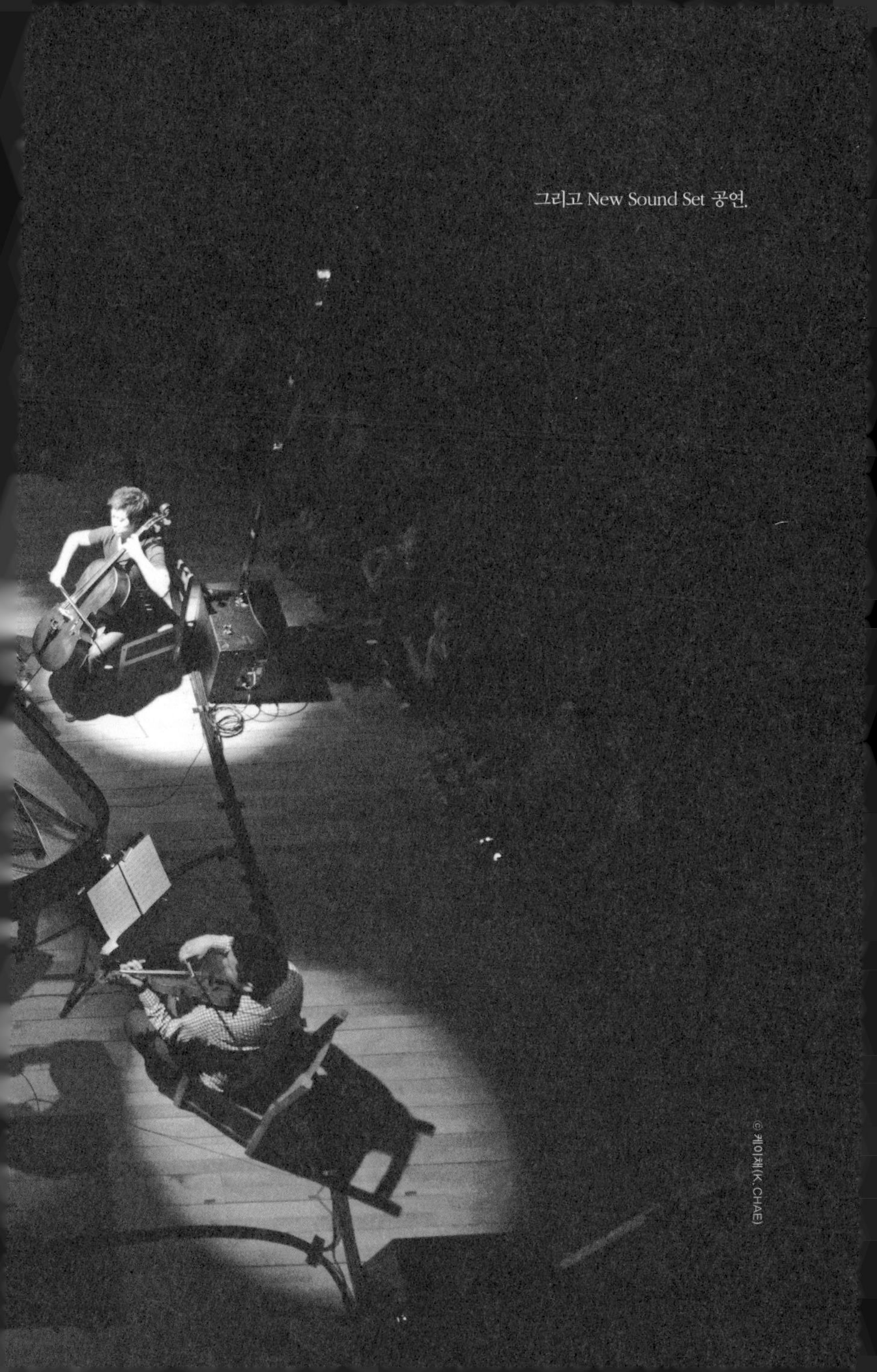

그리고 New Sound Set 공연.

© 케이채(K. CHAE)

나무의자로 대체하였습니다. "모두 일어나! 다 같이 뛰어!" 하며 인위적으로 에너지를 모으지 않고도 공간 안의 모두를 단단히 연결하는 심정적인 고리를 만들어보고 싶었습니다. 마치 우리가 이 책을 통해 함께 음악을 듣고 나누는 것처럼요.

스피커 역시 다르게 준비해보았습니다. 공연장에서 흔히 만나는 스테레오 스피커 대신 총 4개의 스피커가 연주자를 에워싸고, 연주자로부터 관객을 향해 소리를 울려 퍼지게 했습니다. 일렉트로닉 라이브 퍼포먼스가 진행되는 만큼 연주자들의 모니터 스피커는 제거되었습니다. 모두 인이어를 착용했으며 클릭에 의해 연주가 시작되었습니다. 정교함을 필요로 하는 작업이었습니다. 무엇보다 라이브 음반을 위한 레코딩이 함께 진행되었기에 긴장을 늦출 수 없었습니다. 리허설을 포함해 총 나흘 동안 공연을 연 이유도 충분한 레코딩을 확보하기 위해서였지요. 음반을 듣는 분들이 종종 "라이브 레코딩이었다고?" 하고 묻곤 합니다. 〈New Sound Set〉은 정말로 순수 라이브 음반입니다. 처음부터 그렇게 기획되었습니다. 그러니 나흘 동안 연주자와 스탭은 긴장으로 진땀을 흘릴 수밖에요.

푸딩의 첫 앨범부터 푸디토리움 2집까지, 현대음악의 틀로 재해석하고 싶던 음악을 선곡했습니다. '편곡'이라고 생각하지 않고 '텍스트를 다시 읽다'라는 개념으로 음악을 바라보았습니다. 같은 곡이 바뀌는 것을 흔히 편곡이라고 부르지만, 사실 음악을 어떻게 바라보느냐에 따라 훨씬 많은 가능성이 생겨난다고 생각합니다. 제가 이 공연에서 가장 우선으로 하고 싶던 것도 음악을 '텍스트'로 바라보는 작업이었습니다.

마침내 공연이 끝난 후, 믹스 단계에서 현장의 박수소리와 관객의 소리를 제거했습니다. 현장음을 살려 라이브 음반임을 증명(?)하고 싶기도 했지만, 공연에 오지 못한 관객에게도 순수한 라이브를 들려드리고 싶은 바람이 더 컸습니다. 저의 10년 동안의 고민과 팽팽하던 그날의 긴장감, 음악에 쏟아부은 모두의 정성, 그리고 자유로움을 한 장의 음반으로 당신께 전합니다.

찾아 듣기

"푸디토리움의 음반가게에 잘 오셨습니다. 어떤 음악을 찾으시나요?"

• 계절에 따라 듣기 •

〔봄〕

싱쿠 아 세쿠 + Ao Vivo no Auditório Ibirapuera

〔여름〕

셀소 폰세카 + Juventude · Slow Motion Bossa Nova

루디멘털 + We the Generation

〔가을〕

배리 매닐로 + 2:00 AM Paradise Cafe

파이브 리즌스 + In My Mind

〔겨울〕

그레첸 팔라토 + The Lost and Found

크레메레타 발티카 + Silencio: Pärt, Glass & Martynov

비엔나 탱 + Dream Through the Noise

〔맑은 날〕

마이클 캐리언 + Love Adolescent

〔추운 날〕
킹 크레오소테 & 존 홉킨스 + Diamond Mine

〔비 오는 날〕
마리아 본자니고 & 루시 카숑 + 〈RAIN〉 사운드트랙

〔눈 오는 날〕
플라비오 벤츄리니 + Luz Viva

• 사운드트랙 골라 듣기 •

〔영화〕
〈피나〉 사운드트랙
타일러 베이츠 + 〈가디언스 오브 더 갤럭시〉 사운드트랙
〈인사이드 르윈〉 사운드트랙
마이클 지아치노 + 〈업〉 사운드트랙
필립 글래스 + 〈디 아워스〉 사운드트랙
가브리엘 야레 + 〈베티 블루〉 사운드트랙
〈미드나잇 인 파리〉 사운드트랙
베이비 페이스 + 〈사랑을 기다리며〉 사운드트랙
히사이시 조 + 〈이웃집 토토로〉 사운드트랙
김정범 + 〈허삼관〉 사운드트랙
〈누벨 바그〉 사운드트랙
베보 발데스 + 〈치코와 리타〉 사운드트랙
라민 자와디 + 〈퍼시픽림〉 사운드트랙
존 브라이언 + 〈이터널 선샤인〉 사운드트랙
알렉상드르 데스플라 + 〈킹스 스피치〉 사운드트랙

〔공연〕

레이첼스 + Music for Egon Shiele

마리아 본자니고 & 루시 카숑 + 〈RAIN〉 사운드트랙

• 이럴 때 이런 음반 •

〔새로움으로 가득한〕

스파이로자이라 + Bells, Boots and Shambles

폼플라무스 + Season 2

에리카 바두 + New Amerykah, Pt. 2: Return of the Ankh

미셸 은디지오첼로 + Bitter

말리카 티롤리엔 + Sur La Voie Ensoleillée

〔드라마틱한 순간〕

마리아 슈나이더 + Sky Blue

〔기억을 환기하는〕

유재하 + 사랑하기 때문에

〔실험적인, 모험적인〕

포텟 + Round

킹스 엑스 + Faith Hope Love

비제이 아이어 + accelerando

퍼블릭 서비스 브로드캐스팅 + Inform-Educate-Entertain

바비 맥퍼린 + The Best of Bobby McFerrin

오케이고 + 180/365

〔산책에 어울리는〕

파비오 카도레 + Instante

키스 자렛 + The Köln Concert

글렌 메데이로스 + Not Me

싱쿠 아 세쿠 + Ao Vivo no Auditório Ibirapuera

그레첸 팔라토 + The Lost and Found

파이브 리즌스 + In My Mind

루디멘털 + We the Generation

〔명상과 사색의 순간〕

올라퍼 아르날즈 + Living Room Songs

니르 펠더 + Golden Age

〔위로받고 싶은 날〕

콜드플레이 + X&Y

헨릭 고레츠키 + 교향곡 제3번, 슬픈 노래들의 교향곡

〔크리스마스를 위한〕

헨리 맨시니 + Music from Mr. Lucky

크리스 보티 + Chris Botti in Boston

〔북유럽의 정취를 선사하는〕

킹스 오브 컨비니언스 + Quiet is the New loud

올라퍼 아르날즈 + Living Room Songs

• 장르에 따라 듣기 •

〔록〕

로저 워터스 + Amused to Death

유투 + No Line on the Horizon

퍼블릭 서비스 브로드캐스팅 + Inform-Educate-Entertain

〔헤비메탈〕

머틀리 크루 + Dr. Feelgood

메탈리카 + ...And Justice for All

킹스 엑스 + Faith Hope Love

〔아트록〕

클라투 + Hope

〔얼터너티브록〕

바우몬트 + Euphorian Age

라디오헤드 + OK Computer

콜드플레이 + X&Y

〔서던록〕

블랙 크로우스 + Shake Your Money Maker

〔재즈〕

웨인 크란츠 + Howie 61

마리아 슈나이더 + Sky Blue

데이비드 달링 + Cycles

키스 자렛 + The Köln Concert

엔디 밀네 & 뎁 시어리 + Forward in All Directions

찰리 헤이든 & 에그베르토 지스몬티 + In Montreal

마이클 지아치노 + 〈업〉 사운드트랙

〈미드나잇 인 파리〉 사운드트랙

테리 린 캐링턴 + The Mosaic Project

헨리 맨시니 + Music from Mr. Lucky

크리스 보티 + Chris Botti in Boston

비제이 아이어 + accelerando

그레첸 팔라토 + The Lost and Found

소미 + The Lagos Music Salon

장고 라인하르트 + Django Reinhardt The Ultimate Collection

조이 알렉산더 + My Favorite Things

〔포크록〕

스파이로자이라 + Bells, Boots and Shambles

〔포크〕

사이먼 앤드 가펑클 + The Concert in Central Park 1981

킹스 오브 컨비니언스 + Quiet is the New loud

〈인사이드 르윈〉 사운드트랙

〔발라드〕

유재하 + 사랑하기 때문에

〔팝 발라드〕

글렌 메데이로스 + Not Me

〔R&B〕

배리 화이트 + All-Time Greatest Hits

베이비 페이스 + 〈사랑을 기다리며〉 사운드트랙

에리카 바두 + New Amerykah, Pt. 2: Return of the Ankh

민트 컨디션 + The Collection

토니 토니 톤 + Sons of Soul

〔일렉트로닉스〕

포텟 + Round

알바 노토 + Xerrox

제러미 엘리스 + Unlike Any Other

아이 엠 로봇 앤드 프라우드 + Touch/Tone

〔MPB〕

파비오 카도레 + Instante

플라비오 벤츄리니 + Luz Viva

싱쿠 아 세쿠 + Ao Vivo no Auditório Ibirapuera

셀소 폰세카 + Juventude/Slow Motion Bossa Nova

〔큐반 뮤직〕

베보 발데스 + 〈치코와 리타〉 사운드트랙

〔탱고〕

누에보 탱고 앙상블 + d'impulso

기돈 크레머 + El Tango
파블로 지글러 & 에마누엘 엑스 + Los Tanguerros

〔클래식〕
알렉상드르 타로 + Alexandre Tharaud plays Scarlatti
드미트리 쇼스타코비치 + 쇼스타코비치 피아노 오중주 & 현악 사중주 2번
글렌 굴드 + 바흐: 이탈리안 협주곡, 파르티타 1&2

〔카바레〕
뉴 부다페스트 오르페움 소사이어티 + As Dreams Fall Apart

〔현대음악〕
아르보 파르트 + Alina
올라퍼 아르날즈 + Living Room Songs
블라디미르 마르티노프 + Opus Posth
크레메레타 발티카 + Silencio: Pärt, Glass & Martynov
알렉상드르 데스플라 + 〈킹스 스피치〉 사운드트랙
크로노스 콰르텟 + Kronos Quartet Performs Philp Glass

〔신스팝〕
아하 + Hunting High and Low

• 악기에 따라 듣기 •

〔첼로〕
유진 프리즌 + Arms Around You

데이비드 달링 + Cycles

〔기타〕

웨인 크란츠 + Howie 61

니르 펠더 + Golden Age

장고 라인하르트 + Django Reinhardt The Ultimate Collection

〔바이올린〕

크레메레타 발티카 + Silencio: Pärt, Glass & Martynov

〔피아노〕

비엔나 탱 + Dream Through the Noise

알렉상드르 타로 + Alexandre Tharaud plays Scarlatti

키스 자렛 + The Köln Concert

찰리 헤이든 & 에그베르토 지스몬티 + In Montreal

더스틴 오할로란 + Lumiere

올라퍼 아르날즈 + Living Room Songs

아론 팍스 + Invisible Cinema

글렌 굴드 + 바흐: 이탈리안 협주곡, 파르티타 1&2

안드레 메마리 + Ao Vivo no Auditório Ibirapuera

〔베이스〕

구본암 + Bittersweet

〔드럼〕

테리 린 캐링턴 + The Mosaic Project

〔핑거 드럼〕

제러미 엘리스 + Unlike Any Other

〔트럼펫〕

크리스 보티 + Chris Botti in Boston

• 키워드로 듣기 •

〔재즈 오케스트라〕

마이클 지아치노 + 〈업〉 사운드트랙

마리아 슈나이더 + Sky Blue

〔현악 사중주〕

드미트리 쇼스타코비치 + 쇼스타코비치 피아노 오중주 & 현악 사중주 2번

크로노스 콰르텟 + Kronos Quartet Performs Philp Glass

〔미니멀리즘〕

필립 글래스 + 〈The Hours〉 사운드트랙

아르보 파르트 + Alina

〔듀오〕

찰리 헤이든 & 에그베르토 지스몬티 + In Montreal

폼플라무스 + Season 2

사이먼 앤드 가펑클 + The Concert in Central Park 1981

킹스 오브 컨비니언스 + Quiet is the New loud

퍼블릭 서비스 브로드캐스팅 + Inform-Educate-Entertain

〔라이브 음반〕

찰리 헤이든 & 에그베르토 지스몬티 + In Montreal

싱쿠 아 세쿠 + Ao Vivo no Auditório Ibirapuera

크리스 보티 + Chris Botti in Boston

안드레 메마리 + Ao Vivo no Auditório Ibirapuera

푸디토리움 + New Sound Set

〔컬래버레이션 앨범〕

빌리 차일즈 + Map to the Treasure: Reimagining Laura Nyro

랭스턴 휴즈 & 로라 카프먼 + Ask Your Mama

〔뮤직비디오〕

아하 + Hunting High and Low

오케이고 + 180/365

〔그래미가 주목한 음반〕

테리 린 캐링턴 + The Mosaic Project

마리아 슈나이더 + Sky Blue

로저 워터스 + Amused to Death

크리스 보티 + Chris Botti in Boston

빌리 차일즈 + Map to the Treasure: Reimagining Laura Nyro

랭스턴 휴즈 & 로라 카프먼 + Ask Your Mama

조이 알렉산더 + My Favorite Things

• 이야기로 듣기 •

〔내가 만난 뮤지션〕

유진 프리즌 + Arms Around You

파비오 카도레 + Instante

엔디 밀네 & 뎁 시어리 + Forward in All Directions

길 골드스타인 + Under Rousseau's Moon

루시드 폴 + 국경의 밤

테리 린 캐링턴 + The Mosaic Project

바우몬트 + Euphorian Age

구본암 + Bittersweet

엘리아니 엘리아스 + Paulistana

비제이 아이어 + accelerando

안드레 메마리 + Ao Vivo no Auditório Ibirapuera

〔내가 작업한 음반〕

If I Could Meet Again

〈허삼관〉 사운드트랙

Pesadelo

New Sound Set

〔나의 꿈이 시작된 곳〕

유진 프리즌 + Arms Around You

머틀리 크루 + Dr. Feelgood

데이비드 달링 + Cycles

킹스 엑스 + Faith Hope Love

—

뮤지션의 이름은 국립국어연구원의 외래어표기법을 따르되
국내에 알려진 이름을 고려하여 표기하였습니다.